A QUEDA DA CASA DE USHER

E OUTROS CONTOS DE HORROR

EDGAR ALLAN POE

Tradução: Leticia Werner

AVEC EDITORA

Editor: Artur Avecchi
Tradutora: Leticia Werner
Ilustração Capa: Marcel Bartholo
Desing Capa: Luiz Gustavo Souza
Revisão: Camila Villalba
Diagramação: Luiz Gustavo Souza

1ª edição, 2024
Impresso no Brasil/ Printed in Brazil

Dados Internacionais de catalogação na Publicação (CIP)
(Câmara Brasileira do Livro, SP, Brasil)

P 743

Poe, Edgar Allan

A Queda da Casa de Usher e outros contos de horror / Edgar Allan Poe; tradução de Letícia Werner. – Porto Alegre : Avec, 2024.

ISBN 978-85-5447-209-2

1. Ficção norte-americana I. Werner, Letícia II. Título

CDD 813

Índice para catálogo sistemático: 1.Ficção : Literatura norte-americana 813

Ficha catalográfica elaborada por Ana Lúcia Merege — 4667/CRB7

AVEC EDITORA

Caixa Postal 7501
CEP 90430-970 — Porto Alegre — RS
contato@aveceditora.com.br
www.aveceditora.com.br
@aveceditora

A QUEDA DA CASA DE USHER

E OUTROS CONTOS DE HORROR

EDGAR ALLAN POE

Tradução: Leticia Werner

AVEC EDITORA

SUMÁRIO

SOBRE O AUTOR

Edgar Allan Poe (1809 – 1849), embora se considerasse primeiramente um poeta, deixou um legado importante enquanto contista. Um dos precursores das histórias de detetive e da ficção científica moderna, seu maior destaque ainda são os contos góticos sobre o grotesco e o lado sombrio da vida. Interessado pela morte, o desconhecido e condições alteradas da consciência, Poe criou uma obra onde o fato serve de estrutura para dar asas ao fantástico e ao mórbido.

Poe nasceu em Boston, Massachusetts, em janeiro de 1809. Após a morte de sua mãe biológica, a atriz itinerante Elizabeth Arnold Poe, logo no ano seguinte, Poe foi adotado por John Allan, um comerciante de Richmond e seu provável padrinho. Embora sua relação com a Sra. Allan tenha sido boa, a convivência com seu pai adotivo sempre fora, no mínimo, desagradável.

Poe foi enviado ao Reino Unido para estudos clássicos (1815 – 1820), os quais completou em Richmond. Por onze meses em 1826, ele frequentou a Universidade da Virgínia, até o momento em que John Allan se negou a dar-lhe suporte financeiro enquanto completava o ensino superior. Isso levou Poe às apostas e jogos de azar, na tentativa de se sustentar, mas suas perdas foram tão grandes que o pai adotivo o forçou a deixar a faculdade. Após uma briga violenta entre os dois devido à escolha da carreira de Poe, este deixou a Virgínia e foi para Boston, onde publicou de forma anônima um panfleto de poesia, *Tamerlane and Other poems*, o qual não foi bem recebido.

Em 1827, Poe se alistou sob um nome falso para o exército dos Estados Unidos, como forma de se manter financeiramente. Porém, como o pedido do leito de morte de sua mãe adotiva foi de que o marido e o filho se reconciliassem, John Allan financiou sua saída do exército e entrada para a Academia Militar de West Point. Antes disso, Poe publicou a coletânea *Al Aaraaf, Tamerlane, and Minor Poems* (1829). Ele obteve a expulsão da academia com sucesso, e se mudou para a cidade de Nova York, onde escreveu um novo volume de poemas contendo múltiplas obras primas. Após isso, retornou para Baltimore, onde foi morar com a tia, a Sra. Clemms, e começou a escrever contos. Seu

"Manuscrito encontrado em uma garrafa" ganhou um concurso de contos em 1833, conquistando cinquenta dólares como prêmio. Um dos juízes ajudou Poe a se tornar editor da revista *Southern Literary Messenger*, na qual ele trabalhou para alcançar um maior número de leitores, mas acabou sendo demitido devido a supostos problemas com a bebida, os quais o teriam atormentado durante toda a vida.

Em 1836, ele se casou com sua prima de treze anos, Virginia Clemms. Foi considerado um marido amoroso e um bom cunhado. Ele voltou para a cidade de Nova York em 1838, onde publicou uma longa narrativa em prosa, *The Narrative of Arthur Gordon Pym*, a qual é considerada como uma das influências diretas para Herman Melville escrever *Moby Dick*. Em 1839, Poe se tornou coeditor da *Burton's Gentleman's Magazine*, na Filadélfia. Um contrato de publicação mensal o estimulou a escrever "William Wilson" e "A queda da Casa de Usher'. Ao fim de 1839, ele publicou o livro de contos *Tales of the Grotesque and Arabesque*, o que começou a trazer-lhe algum reconhecimento.

Em 1840, ele deixou a revista, mas retornou em 1841 para editar sua sucessora, a *Graham's Lady's and Gentleman's Magazine*, onde publicou "The Murders in the Rue Morgue", sua primeira história de detetive. Em 1843 seu conto "The Gold Bug" lhe rendeu um prêmio de cem dólares do jornal *Dollar Newspaper*, da Filadélfia, trazendo-lhe muita publicidade. Em 1844, ele voltou a Nova York, onde escreveu "The Balloon Hoax" para o *The Sun*, e tornou-se subeditor para o *New York Mirror*, abaixo de N. P. Willis, do qual foi amigo até o fim da vida. Foi em 29 de janeiro de 1845, no próprio *Mirror*, que foi publicado pela primeira vez seu poema mais conhecido, "The Raven" ("O Corvo"), que logo o ergueu à fama nacional. Durante este ano, ele se tornou editor da *Broadway Journal*, uma revista semanal na qual ele republicou a maioria de seus contos. Durante 1845, também lançou o *The Raven and Other Poems*, além de uma seleção de contos da *Tales*.

Mesmo com os sucessos dos últimos anos, Poe não conseguia sustentar sua família, e sua esposa e a sogra quase morreram de inanição em um inverno. Em janeiro de 1847, Virginia veio a falecer. Ele se tornou muito depressivo e errático após sua morte, e supõe-se que sua dependência do álcool aumentou neste período.

Poe teve um relacionamento breve com Sarah Helen Whitman no ano seguinte, e amizades com Annie Richmond e Sarah Anna Lewis, que o ajudaram financeiramente. Ele compôs tributos poéticos a todas elas.

Em 1849, ele se tornou noivo de Elmira Royster, com quem passou um verão feliz junto de amigos da infância e com poucos relapsos à bebida.

Poe teve pressentimentos de morte ao se mudar de Richmond para Baltimore no final de setembro daquele ano. Lá, ele sofreu de um mal súbito, e foi encontrado em um estado delirante e semiconsciente, vindo a falecer pouco tempo depois. A causa específica de sua morte continua sendo um mistério.

O CORAÇÃO DELATOR

Sim! Nervoso; terrivelmente, muito, muito nervoso sou e estou; mas por que dizes que sou louco? A doença aguçou meus sentidos — não os destruiu, não os embotou. A audição tornou-se mais apurada que todos os outros. Ouvi todas as coisas no Paraíso e na Terra. Ouvi muitas coisas no Inferno. Como, então, estaria louco? Ouve! E observa com quanto vigor, com quanta calma eu posso te contar toda a história.

É impossível dizer como a ideia primeiro adentrou meu cérebro; mas, assim que concebida, me assombrou dia e noite. Motivo não havia. Paixão inexistente. Eu amava aquele velho. Ele nunca me fez mal. Nunca insultou de forma alguma. Por seu ouro eu não tinha qualquer desejo. Acredito que foi o olho dele! Sim, era isso! Ele tinha o olho de um abutre; um olho de pálido azul, encoberto por uma película. Sempre que aquilo me encarava, meu sangue corria frio; com isso, aos poucos, muito gradualmente, pus na cabeça a ideia de tirar a vida do velho, assim me livrando do olho para sempre.

Aqui está o ponto. Acreditas que sou louco. Homens loucos sabem de nada. Mas deverias ter me visto. Deverias ter visto o quão sabiamente procedi… com quanto cuidado… com quanta visão… com quanta dissimulação eu ia trabalhar! Nunca fui mais gentil àquele velho homem quanto por toda a semana antes de matá-lo. E toda noite, por volta da meia-noite, eu girava o trinco de sua porta e a abria; ah, tão sutil! E então, quando havia criado abertura suficiente, adentrava a lanterna furta-fogo, toda fechada, fechada, para nenhuma luz escapulir, e depois metia minha cabeça. Ah, terias rido de ver com quanta astúcia eu a metia para dentro! Me movia lentamente — muito, muito lentamente —, para não tirar o velho de seu sono. Me levava uma hora a passar o bastante de minha cabeça pela abertura para vê-lo em sua cama. Ha! Teria um louco sido tão sábio assim? E então, com toda minha cabeça dentro do quarto, abria a lanterna com cuidado… oh, muito, muito cuidadoso… cuidadosamente (porque as dobradiças rangiam), abria apenas o suficiente para um único fino raio de luz cair sobre o olho de abutre. E fiz assim por sete longas noites; cada noite justo à meia-noite; mas sempre me deparei com o olho fechado, então era impossível seguir com o feito, pois não era o velho quem me aborrecia, e sim seu Olho Maligno. E toda manhã, com o raiar do dia, eu entrava em seu aposento, audacioso, e lhe dirigia a palavra corajosamente; chamava pelo seu nome em tom carinhoso, e lhe perguntava como havia passado a noite. Assim, vê, o velho teria de ter sido muito perspicaz, mesmo, para suspeitar que toda noite, justo à meia-noite, eu o observava enquanto dormia.

Pela oitava noite, eu fui mais cuidadoso que o habitual ao abrir a porta. O ponteiro dos minutos move-se mais rápido que minha mão se moveu naquele instante. Nunca antes daquela noite senti toda a extensão de meus poderes, de minha sagacidade. Mal podia conter meus sentimentos de triunfo. E pensar que eu estava ali, abrindo a porta, pouco a pouco, e ele sequer sonhava com minhas armações secretas. Ri bastante da ideia entre dentes, e talvez ele tenha me escutado, porque moveu-se na cama repentinamente, como se sobressaltado. Podes pensar que recuei; mas não. Seu quarto estava negro feito piche devido à treva espessa (pois as venezianas estavam trancadas, devido ao medo de ladrões), e assim sabia que ele não via o abrir da porta, e continuei a empurrá-la firme, firme.

Adentrei a cabeça, e estava prestes a abrir a lanterna, quando meu dedo escorregou no fecho de latão, e o velho ergueu-se na cama, gritando:

— Quem está aí?

Me mantive bem parado e nada disse. Por uma hora inteira não movi um músculo, durante tempo qual não o ouvi se deitar. Continuava sentado em sua cama, escutando; assim como eu havia feito, noite após noite, atento ao tique fúnebre dos cupins roendo as paredes.

Logo ouvi um breve gemido, e o reconheci como um gemido de terror mortal. Não era de dor ou pesar; ah, não! Era o baixo som sufocado que sobe do fundo da alma quando esta se sobrecarrega de temor. Conhecia bem este som. Muitas noites, justo à meia-noite, enquanto o mundo inteiro dormia, ele brotava de meu próprio peito, profundo, com seus ecos abomináveis, os terrores que me distraíam. Digo que o conhecia bem. E sabia o que o velho sentia, e dele eu tinha pena, embora, por dentro, eu risse. Entendia que esteve acordado desde o primeiro pequeno ruído, quando havia se virado na cama. Seus medos só cresceram desde então. Ele tentou considerá-los irracionais, mas não pôde. Dizia a si mesmo: "É nada além do vento na chaminé; um rato cruzando o assoalho" ou "É apenas um grilo que cricrilou por uma vez". Sim, ele tentou se confortar com estas suposições: mas descobriu que eram em vão. *Todas em vão*; porque a Morte, ao se aproximar dele, o perseguiu com sua sombra lúgubre a guiando e envolvendo a vítima. E foi a influência pesarosa da sombra despercebida que o fez sentir, mas não ver nem ouvir, a *sentir* a presença de minha cabeça dentro do quarto.

Depois que esperei um longo tempo, muito pacientemente, sem ouvi-lo se deitar, resolvi abrir uma pequena — uma muito, muito pequena — fresta na lanterna. Assim a abri… não podes imaginar quão furtivo, furtivo… até que um simples feixe tênue, como a teia de uma aranha, se atirou da fresta e caiu-se por inteiro sobre o olho de abutre.

Estava aberto, muito, muito arregalado, e minha fúria cresceu ao contemplar. O vi com perfeita distinção; todo azul embotado, coberto de um véu hediondo que congelava até o tutano de meus ossos; mas nada mais podia ver do rosto ou da pessoa do velho, pois direcionei o feixe, como que por instinto, precisamente sobre o local maldito.

E não te dissera que aquilo que confundes por loucura nada mais é do que uma hiperacuidade dos sentidos? Pois eu te digo, ali chegou aos meus ouvidos um som baixo, abafado e rápido, como o que um relógio faz quando embrulhado em algodão. Conhecia bem aquele som também. Era o bater do coração do velho. Ele aumentou minha fúria, como as batidas de um tambor estimulam no soldado a coragem.

Mas ainda assim me abstive e me mantive imóvel. Mal respirei. Segurei a lanterna, estática. Testei com quanta consistência eu conseguia manter o facho sobre o olho. Enquanto isso, o tamborilar infernal do coração aumentava. Tornava-se mais e mais rápido, mais e mais alto a cada instante. O terror daquele velho homem deve ter sido extremo! Tornou-se mais alto, afirmo, mais alto a cada momento! Consegues me entender? Te digo que estou nervoso: assim sou. E naquela hora morta da noite, no silêncio agonizante daquela antiga casa, um barulho estranho feito aquele me levou ao terror incontrolável. Ainda, por mais alguns minutos me abstive e continuei imóvel. Mas o batimento tornou-se mais alto, mais alto! Achei que o coração explodiria. E então outra ansiedade me tomava: o som seria escutado por um vizinho! A hora do velho chegara! Com um grito alto, escancarei a lanterna e pulei quarto adentro. Ele berrou uma vez; uma vez apenas. Em um instante o arrastei para o chão, e atirei a pesada cama por cima dele. E então sorri alegremente, por encontrar o feito, até ali, realizado. Mas, por muitos minutos, o coração continuou a bater com um som abafado. Isto, porém, não me incomodou; não seria ouvido através das paredes. Após um tempo este cessou. O velho estava morto. Removi a cama e examinei o cadáver. Sim, estava morto, morto feito pedra. Coloquei minha mão sobre seu coração e esperei por vários minutos. Não havia pulsação. Estava morto feito pedra. Seu olho não mais me atormentaria.

Se ainda me consideras louco, não mais o fará quando te descrever as sábias precauções que tomei para a ocultação do corpo. A noite esvaneceu, e trabalhei apressado, mas em silêncio. Antes de tudo, desmembrei o cadáver. Decepei a cabeça e os braços e as pernas.

Então retirei três tábuas do assoalho do quarto e depositei tudo entre os vãos. Depois reposicionei as tábuas tão habilmente, tão ardilosamente, que nenhum olho humano — nem mesmo o *dele* — seria capaz de detectar algo errado. Havia nada para limpar; nenhuma mancha de qualquer tipo; nem uma gota de sangue sequer. Fui muito cauteloso. Uma banheira tomou conta de tudo! Ha! Ha!

Quando dei um fim a estes trabalhos, eram quatro em ponto; ainda escuro como à meia-noite. Enquanto os sinos soavam a hora, veio um bater à porta da rua. Desci e a abri com o coração leve; afinal, o que eu tinha a temer? Entraram três homens, que se apresentaram, com perfeita cortesia, como oficiais da polícia. Um grito havia sido escutado por um vizinho durante a noite, a suspeita de crime foi levantada, a informação foi levada ao departamento de polícia, e eles (os oficiais) foram incumbidos de revistar a casa.

Eu sorri; pois o que eu tinha a temer? Dei as boas-vindas aos cavalheiros. O grito, eu disse, foi meu próprio em sonho. O velho, mencionei, havia se ausentado para o interior. Os levei por toda a casa. Pedi para procurarem; procurarem bem. Levei-os, por fim, até os aposentos do velho. Mostrei-lhes os tesouros dele, seguros, intactos. No entusiasmo de minha confiança, trouxe cadeiras para o quarto e pedi a eles para descansarem *ali* de suas fatigas, enquanto eu, na audácia selvagem de meu perfeito triunfo, coloquei meu assento sobre o exato local onde abaixo repousava o corpo da vítima.

Os policiais pareciam satisfeitos. Meus modos haviam os convencido. Eu me encontrava singularmente tranquilo. Eles estavam sentados e, enquanto eu respondia de maneira alegre, conversavam sobre amenidades. Porém, logo me senti ficando pálido e desejei que fossem embora. Minha cabeça doía, e percebi um zumbido nos meus ouvidos; mas eles continuaram a sentar e continuaram a conversar. O zumbido tornou-se mais distinto: continuou e se tornou mais distinto; falei mais e mais para me livrar do desconforto; mas o som continuou e ganhou definição; até, por fim, eu perceber que ele não se encontrava em meus ouvidos.

Sem dúvidas havia então me tornado muito pálido; mas falei ainda mais, e com voz elevada. Inda o som aumentava. O que eu poderia fazer? Era um som baixo, abafado e rápido; muito como o que faz um relógio quando embrulhado em algodão. Ofeguei por ar; e ainda os oficiais não o escutavam. Falei mais rápido, mais veemente, mas o som aumentava constante. Levantei-me e falei sobre trivialidades, em notas agudas e gesticulações violentas, mas o som aumentava constante. Por que eles não iam embora? Andei pelo assoalho, de um lado até o outro com passos pesados, como se levado à fúria pelos comentários dos homens, mas o som aumentava constante. Oh, Deus! O que eu poderia fazer? Espumei, delirei, xinguei! Ergui a cadeira na qual havia sentado e a arrastei sobre as tábuas, mas o som inda se sobressaía e continuava a aumentar. Tornou-se mais alto; mais alto; mais *alto*! E mesmo assim os homens mantinham a prazerosa conversavam e sorriam. Seria possível eles não ouvirem? Deus Todo-Poderoso! Não, não! Eles ouviam! Eles suspeitavam! Eles *sabiam*! Estavam a fazer troça de meu horror! Isto pensei, e isto eu penso. Mas qualquer coisa era melhor que aquela agonia! Qualquer coisa mais tolerável que aquele escárnio! Não mais podia aguentar os sorrisos hipócritas! Senti que deveria gritar ou morrer! E agora novamente! Ouve! Mais alto! Mais alto! Mais alto! Mais *alto*!

— Patifes! — gritei. — Não precisais mais dissimular! Admito o feito! Erguei as tábuas! Aqui, e aqui! Esta é a batida dele, de seu coração hediondo!

MANUSCRITO ENCONTRADO EM UMA GARRAFA

Qui n'a plus qu'un moment a vivre
N'a plus rien a dissimuler.

Quinault, *Atys*.

Sobre meu país e minha família tenho pouco a dizer. Maus costumes e a passagem dos anos me distanciaram de um, e me afastaram da outra. A fortuna hereditária custeou minha educação acima do comum, e uma mentalidade contemplativa me permitiu metodizar as histórias que os estudos de base diligentemente acumularam. Acima de tudo, os trabalhos dos moralistas alemães me trouxeram grandes deleites; não devido a qualquer admiração imprudente de suas loucuras eloquentes, mas pela facilidade com que meus hábitos de pensamento rígido me capacitaram a detectar suas falácias. Com frequência fui repreendido pela aridez de minha genialidade; uma deficiência da imaginação me foi imputada como crime; e o pirronismo de minhas opiniões sempre me tornou infame. Sim, um forte apreço pela filosofia natural tingiu, eu temo, minha mente com um erro muito comum desta era: me refiro ao hábito de relacionar ocorrências, mesmo aquelas menos suscetíveis a este tipo de inferência, aos princípios da ciência mencionada. Ao todo, nenhuma pessoa poderia ser menos apta do que eu a ser desviada dos recintos severos da verdade pelos fogos-fátuos da superstição. Considerei apropriado me introduzir como tal, para caso a história incrível que tenho a contar seja considerada como delírio de pura imaginação, ao invés da verdadeira experiência de uma mente para qual tais devaneios eram uma promessa inválida e uma nulidade.

Após muitos anos viajando por territórios estrangeiros, velejei no ano de 18—, do porto de Batávia[1], na rica e populosa Ilha de Java, em expedição ao arquipélago das Ilhas da Sonda. Fui como passageiro; tendo nenhuma outra razão além da inquietação nervosa que me assombrava feito um diabo.

Nossa embarcação era um belo navio, pesando por volta de quatrocentas toneladas, com fixações de cobre, e construído em Bombaim[2] com teca de Malabar. Ela fretava algodão bruto e óleo das Ilhas Laquedivas. Também tínhamos a bordo fibra de coco, rapadura de palmeira, manteiga de garrafa, cocos, e alguns caixotes de ópio. O acondicionamento foi descuidado e, por consequência, o navio pendeu a um lado.

Partimos com um mero sopro de vento, e por muitos dias nos arrastamos pela costa leste de Java, sem qualquer outro incidente a quebrar a monotonia de nosso curso do que o encontro ocasional com algumas ilhotas do arquipélago ao qual éramos limitados.

Um fim de tarde, me debruçando sobre a amurada da popa, observei uma nuvem muito estranha e isolada, ao noroeste. Era memorável, não só por sua cor, mas por ser a primeira que avistamos desde que deixamos

---

1 Atual Jacarta, capital da Indonésia. (N.T.)

2 Atual Mumbai, maior cidade da Índia. (N.T.)

a Batávia. Vigiei-a com atenção até o pôr-do-sol, quando ela se espalhou repentinamente para o leste e o oeste, nos abraçando no horizonte com uma fina fita de vapor, e parecendo-se com a longa faixa de areia de uma praia na maré baixa. Minha atenção logo foi atraída para o tom púrpura da lua e uma característica peculiar do mar. O último passava por uma rápida mudança, e suas águas pareciam mais transparentes que o esperado. Embora enxergasse o fundo do mar com distinção, içando a sonda, descobri que estávamos sobre uma profundidade de trinta metros. O ar então se tornou quente de forma intolerável, e repleto de exalações espirais similares as que se erguem do ferro incandescente. Quando a noite veio, encerraram-se os ventos, e calmaria mais completa é impossível de conceber. A chama de uma vela queimava na poupa sem o menor movimento perceptível, e um longo fio de cabelo, segurado entre o indicador e o polegar, estendia-se sem a mínima possibilidade de detectar vibração. Porém, como o capitão disse não perceber qualquer indicação de perigo, e a corrente nos levava à costa, ele ordenou as velas içadas, e a âncora lançada. Nenhuma vigília foi definida, e a tripulação, que consistia principalmente de malaios, deitou-se deliberadamente sobre o convés. Desci para minha cabine, não sem um mau presságio tangível. Afirmo que todas as aparências me indicavam que estávamos prestes a presenciar um Simum. Contei ao capitão meus medos, mas nenhuma atenção ele prestou ao que lhe disse e deixou-me sem a dignidade de uma resposta. Minha apreensão, porém, me preveniu do sono, e por volta da meia-noite eu subi ao convés. Ao colocar meu pé no degrau superior da escada do tombadilho, fui surpreendido por um alto zumbido, como o ocasionado pelas rápidas revoluções de uma roda de moinho, e, antes que eu pudesse compreender seu significado, senti o navio chacoalhar até o cerne. No instante seguinte, uma selvageria de espuma nos tombou e, nos arrastando de proa à popa, varreu o convés de uma ponta à outra.

A fúria extrema do golpe provou-se, em grande parte, a salvação do navio. Embora completamente inundada, com os mastros partidos e arrastados pela correnteza, depois de um minuto, a embarcação pôde se erguer pesadamente do mar, e, cambaleando abaixo da imensa pressão da tempestade, finalmente se aprumou.

Por qual milagre eu escapei da destruição, é impossível dizer. Atordoado pelo choque das águas, me descobri, após me recuperar, espremido entre o mastro da popa e o timão. Com muita dificuldade me endireitei e, olhando, zonzo, ao redor, fui a princípio tomado pela ideia de que estávamos presos em uma área de rebentação, tão terríveis, para além das maiores loucuras da imaginação, eram as montanhas do redemoinho de oceano espumoso que nos engolfavam. Após um tempo, escutei a voz de um velho sueco, que havia embarcado conosco no momento que deixávamos o porto. Chamei por ele com todas as minhas forças, e alguns momentos depois ele cambaleou à popa. Logo nos descobrimos como os únicos sobreviventes do incidente. Todos no convés, com a nossa exceção, foram atirados ao mar; o capitão e os imediatos deviam ter perecido enquanto dormiam, pois as cabines foram completamente inundadas. Sem ajuda, havia pouco que poderíamos fazer para a segurança do navio, e nossos esforços foram paralisados a princípio devido à momentânea expectativa de naufrágio. O cabo da âncora havia, claro, partido como um barbante na primeira rebentação do furacão, do contrário haveríamos sido subjugados de imediato. Deslizamos com velocidade assustadora sobre o mar, e as ondas acima nos violentavam. A estrutura de nosso casco estava excessivamente maculada, e, em todos os sentidos, sofremos prejuízos consideráveis; mas para o nosso alívio extremo, encontramos as bombas de água desobstruídas, e o contrapeso não havia sido muito afetado. A maior parte da fúria da tempestade havia passado, e já não víamos tanto perigo na violência dos ventos, mas esperávamos sua total cessação com desânimo, acreditando que, em nossa condição avariada, era inevitável que morrêssemos no tremendo refluxo subsequente. Mas esta justa apreensão parecia improvável de ser rapidamente comprovada. Por cinco dias e cinco noites (durante os quais nossa única subsistência se resumiu a uma pequena quantidade de rapadura, resgatada com dificuldades do castelo de proa), o casco voou em uma velocidade que desafia a compreensão ante as sucessões das rajadas de vento, quais, enquanto não equiparáveis à violência inicial do Simum, ainda eram mais terríveis que quaisquer tempestades com as quais eu havia antes me deparado. O nosso curso durante os quatro primeiros dias foi, com variações triviais, sudeste e para o sul; e devemos ter passado pela costa da Nova Holanda[3]. No quinto dia o frio se tornou extremo, embora o vento tivesse se direcionado um grau mais ao norte. O sol nasceu com um lustro amarelo doentio e se arrastou uns poucos dedos acima do horizonte, emitindo nenhuma luz decisiva. Não havia nuvens aparentes, mas ainda o vento crescia, e soprava com espasmos de fúria desregulada. Pelo meio-dia, ou o mais próximo que poderíamos supor, nossa atenção foi novamente apreendida pela aparência do sol. Ele não emitia luz, propriamente assim chamada, mas uma luminescência taciturna e embotada, sem reflexos, como se todos seus raios tivessem sido polarizados. Justo antes de afundar no mar túrgido, seus fogos centrais se apagaram de forma repentina, como se extinguidos às pressas por algum poder inexplicável. Era uma fraca nesga de um aro, sozinho, quando foi possuído pelo oceano incomensurável.

Esperamos em vão pela chegada do sexto dia. Para mim este dia ainda não chegou; para o sueco, nunca chegará. Deste ponto em diante, fomos encobertos por sombras tenebrosas, de maneira que não conseguiríamos ter visto um objeto a quinze metros do navio. A noite eterna continuou a nos envolver, sem ser aliviada pelo brilho fosforescente do oceano ao qual nos acostumamos nos trópicos. Nós observamos também que, embora a tempestade continuasse com sua fúria violenta, não víamos mais a rebentação e espuma que nos acompanhara até ali. Em todo o nosso redor havia horror, trevas espessas e um sufocante deserto de ébano. Um terror supersticioso penetrou o espírito do velho sueco, e minha

3 Atual Austrália. (N.T.)

própria alma foi envolta no silêncio do espanto. Negligenciamos todos os cuidados com o navio, ação que era pior que inútil, e, nos segurando o melhor que pudemos ao toco do mastro de mezena, observamos amargamente o mundo de oceano. Não havia como calcular o tempo, nem conseguíamos formar qualquer suposição sobre nossa situação. Estávamos, porém, bastante cientes de termos ido mais ao sul do que qualquer navegador anterior, e sentimos grande surpresa em não encontrarmos o habitual obstáculo do gelo. Enquanto isso, cada momento poderia ser o nosso último; cada ondular montanhoso ameaçava nos engolir. O refluxo foi além de qualquer suposição que eu poderia ter imaginado possível, e o fato de não termos sido submersos imediatamente foi um milagre. Meu companheiro falou da leveza da carga e me lembrou das excelentes qualidades de nosso navio; mas eu não podia deixar de sentir a completa desesperança da própria esperança, e me preparei sombriamente para a morte que acreditei que nada poderia adiar para além de uma hora, afinal, a cada légua que o navio cruzava, o volume do estupendo mar negro tornava-se mais aterrador de maneira miserável. Por vezes ofegamos asfixiados em elevações acima de onde voa o albatroz; outras fomos atordoados por nossa descida a algum tipo de inferno aquático, onde o ar se estagnava, e som algum perturbava o adormecer do kraken.

Estávamos no fundo de um destes abismos quando um breve grito de meu companheiro rasgou a noite em seu pavor.

— Veja! Veja! — ele exclamou estridente em meus ouvidos. — Bondoso Deus! Veja! Veja!

Enquanto ele falava, fiquei ciente de uma fraca e difusa centelha de luz vermelha que escorria pelas paredes do fosso que habitávamos, e que lançou um brilho inconstante sobre o convés. Direcionando meus olhos para cima, presenciei um espetáculo que congelou o correr de meu sangue. A uma altura fascinante, diretamente acima de nós, e situado na beira desta descida vertiginosa, pairava um imenso navio, pesando, talvez, quatro mil toneladas. Embora despontando no topo de uma onda mais que cem vezes sua própria altura, o tamanho aparente da embarcação extrapolava o de qualquer outro navio de guerra ou indonésio que existisse. Seu casco imenso era de uma escuridão encardida e desprovido dos habituais entalhes dos navios. Uma única fileira de canhões de bronze se projetava das portinholas abertas, e de suas superfícies polidas refletiam os fogos de inúmeras lanternas de batalha, que balançavam para frente e para trás nos cordames. Mas o que mais nos inspirou horror e assombro era que a embarcação se sustentava de velas cheias entre as presas daquele mar sobrenatural e em meio àquele furacão desgovernado. Quando primeiro a descobrimos, seu casco era tudo que podíamos ver, enquanto ascendia lento do golfo obscuro e terrível à sua frente. Por um momento de terror extremo, a embarcação parou no breve pináculo, como que em contemplação de sua própria sublimidade, mas logo tremeu e chacoalhou, e então... e então desceu.

Neste instante, não sei dizer que tipo de serenidade tomou conta de meu espírito. Cambaleando o mais à popa que pude, esperei destemido a aniquilação que se aproximava. Nosso próprio navio estava finalmente cessando seus esforços e afundava de nariz no mar. O choque da massa descendente o abalou, por consequência, na porção de sua estrutura que já se encontrava abaixo das águas, e o resultado inevitável foi o de me atirar, com violência irresistível, contra os cordames do desconhecido.

Enquanto eu caía, a embarcação parou no curso e quase virou; à confusão consequente atribuo minha fuga dos olhos e ouvidos da tripulação. Sem dificuldades, fui despercebido até a escotilha principal, que estava parcialmente aberta, e logo encontrei a oportunidade de esconder-me no compartimento de carga. Por que o fiz, mal posso dizer. Uma sensação indefinida de assombro, que capturou minha mente ao primeiro contato com os navegadores da embarcação, talvez tenha sido a motivação de meu ocultamento. Relutava a me entregar a uma raça de pessoas que, na breve olhadela que lhes dei, oferecera tantos argumentos de vaga estranheza, dúvida e apreensão. Assim, considerei apropriado providenciar um esconderijo entre as cargas. Este fiz removendo uma pequena porção de tábuas de repartição, de maneira a criar um refúgio conveniente entre as imensas vigas do navio.

Eu mal havia completado meu trabalho quando passos no compartimento de carga me forçaram a fazer uso dele. Um homem galgou pelo meu local de esconderijo em uma marcha fraca e instável. Não pude ver seu rosto, mas tive a oportunidade de observar sua aparência no geral. Em toda ela, havia a evidência da idade avançada e da doença. Seus joelhos cambaleavam sob o peso de muitos anos, e toda sua estrutura estremecia com o fardo. Ele murmurava a si mesmo, em um baixo tom entrecortado, algumas palavras de uma língua que não pude entender, e tateou um canto, entre as pilhas de instrumentos de navegação de aparência única e cartas náuticas deterioradas. Seus maneirismos eram uma mistura peculiar do mau humor da segunda infância, com a dignidade solene de um deus. Por fim ele foi ao convés, e eu não mais o vi.

***

Um sentimento, ao qual não tenho nome, tomou posse de minha alma; uma sensação que não admite qualquer análise, para a qual as lições de épocas passadas são inadequadas, e que temo que mesmo o futuro não me trará resolução. Para uma mente constituída como a minha, esta última consideração é um mal. Eu nunca (sei que nunca) estarei satisfeito em relação à natureza de minhas concepções. Ainda assim, não é de se admirar que tais concepções sejam indefinidas; afinal, têm suas origens em fontes completamente originais. Um novo sentido; uma nova entidade adicionada à minha alma.

***

Faz muito tempo desde a primeira vez que perambulei o convés deste terrível navio, e os raios do meu destino estão, acredito, se unindo em foco. Homens incompreensíveis! Envolvidos em meditações de tipo qual não posso elucidar, passam por mim sem me notar. O subterfúgio é completamente inútil de minha parte, pois estas pessoas *não me veem*. Justo agora, passei bem diante aos olhos de um imediato; não há muito que me aventurei na cabine privada do capitão, e lá consegui os materiais em que agora escrevo, e tenho escrito. Deverei, de tempos em tempos, continuar este diário. É verdade que poderei não ter a oportunidade de transmiti-lo ao mundo, mas não falharei em meus esforços. No último momento, colocarei este manuscrito em uma garrafa e a atirarei ao oceano.

***

Ocorreu um incidente que expandiu o horizonte de minhas considerações. Seria tudo operação do acaso desgovernado? Aventurei-me ao convés e me atirei, sem atrair qualquer atenção, em uma pilha de equipamentos de pesca e velas velhas no fundo do escaler. Enquanto ponderava sobre a singularidade de meu destino, esbocei, distraído, com um pincel de alcatrão as bordas de uma vela de suporte que se encontrava próxima, e dobrada à perfeição, em cima de uma barrica. Esta vela agora está içada, e os toques descuidados do pincel se formam na palavra DESCOBERTA.

Ultimamente tenho feito muitas observações sobre a estrutura da embarcação. Embora bem armado, este não é, acredito, um navio de guerra. Os cordames, a estrutura, e os equipamentos em geral, todos negam uma suposição desse gênero. O que ela *não é*, posso facilmente perceber; o que ela *é*, temo que seja impossível determinar. Não entendo o porquê, mas, perscrutando seu estranho modelo e vergas singulares, seu tamanho imenso e velas agigantadas, sua proa extremamente simplória e popa antiquada, ocasionalmente passa por minha mente a sensação de familiaridade, e sempre há, em uma confusão com tais sombras difusas da memória, uma lembrança inexplicável de antigas crônicas estrangeiras e eras há muito passadas. (...)

Tenho observado as vigas que estruturam o navio. Ele é todo feito de um material que me é estranho. A madeira apresenta uma característica peculiar que me parece a tornar imprópria para a função a qual foi aplicada. Me refiro à sua extrema *porosidade* — mesmo desconsiderando sua condição carcomida, que é consequência da navegação nestes mares, e independente da podridão devido à idade. Pode parecer talvez uma observação descabida, mas esta madeira apresenta todas as características do carvalho espanhol, se o carvalho espanhol fosse distendido de alguma maneira não natural.

Ao ler a sentença acima, um curioso ditado de um velho navegador holandês, castigado pelo tempo, emergiu completo de minha memória.

— É tão certo — ele dizia, quando qualquer dúvida sobre sua veracidade era levantada —, é tão certo quanto há um mar onde os próprios navios crescem em tamanho como os corpos vivos dos marinheiros. (...)

Por volta de uma hora atrás, ousei me atirar em meio a um grupo de tripulantes. Não me deram qualquer atenção e, embora eu tenha ficado parado entre eles todos, pareceram completamente inconscientes de minha presença. Como o que eu havia visto por primeiro, no compartimento de carga, todos apresentavam as marcas de uma idade avançada extrema. Seus joelhos tremiam de fraqueza; os ombros encurvavam-se com decrepitude; as peles enrugadas sacudiam ao vento; suas vozes eram baixas, trêmulas e entrecortadas; seus olhos brilhavam com a reuma dos anos; e os cabelos cinzentos ondeavam terríveis na tempestade. Aos seus arredores, em todos os cantos do convés, estavam espalhados instrumentos matemáticos da mais única e obsoleta qualidade. (...)

Mencionei algum tempo atrás o içar de uma vela de suporte. Daquele período em diante, o navio, sendo arrastado pela ventania, continuou seu terrível curso ao sul com todos os trapos de vela à disposição em seus mastros, dos principais aos botalós; e levando a todo momento seu mastaréu de envergadura quilométrica aos mais pavorosos infernos aquáticos que podem caber à mente humana imaginar. Acabei de deixar o convés, onde me parece impossível manter-se em pé, embora a tripulação sequer pareça incomodada. Considero como o milagre dos milagres toda nossa enormidade ainda não ter sido engolida de uma vez e para sempre. Estamos com certeza fadados a flutuar para sempre na beira da eternidade, sem dar o mergulho final no abismo. De vagas mil vezes mais estupendas que quaisquer outras que eu tenha visto, nos desvencilhamos com a facilidade da gaivota certeira; e as águas colossais erguem-se sobre nós feito demônios das profundezas, mas como demônios confinados a simples ameaças e proibidos da destruição. Sou levado a atribuir essas fugas frequentes para a única causa natural que posso contar para tal efeito. Suponho que o navio esteja sob influência de alguma forte correnteza, ou uma ressaca impetuosa. (...)

Presenciei o capitão frente a frente, e em sua própria cabine; mas, como esperava, ele não me deu atenção. Embora nada em sua aparência, para o observador casual, o evidencie como mais ou menos humano, ainda assim, a sensação de reverência irrepreensível e fascínio misturaram-se com a maravilhosa admiração com a qual eu o considerei. Em estatura ele era próximo de minha própria; ou seja, um pouco acima de um metro e setenta. Seu corpo apresentava uma estrutura firme e compacta, robusta o bastante, mas não de maneira significativa. Mas a singularidade da expressão que reinava em sua face era uma tão intensa, maravilhosa e emocionante evidência da idade avançada; tão, tão extrema, que excitava em meu espírito uma sensação, um sentimento indescritível. Sua testa, embora pouco enrugada, parecia carregar a marca de uma miríade de décadas. Seus cabelos cinzentos eram registros do passado, e seus olhos ainda mais cinza eram sibilas do futuro. O chão da cabine estava entulhado de tomos de fechos metálicos, instrumentos de ciência em decomposição, e cartas náuticas obsoletas há muito esquecidas. A cabeça dele estava inclinada sobre as mãos enquanto ele se debruçava, com olhos brilhantes e inquietos, acima um papel que entendi como uma comissão, que, para todos os efeitos, trazia a assinatura de um monarca. Ele murmurava a si mesmo, como fazia o primeiro marinheiro que avistei na carga, algumas sílabas rabugentas de uma língua estrangeira e, embora o falante estivesse próximo de meu cotovelo, sua voz parecia chegar a meus ouvidos depois de correr léguas. (...)

O navio e todos que o tripulam estão imbuídos com o espírito da Antiguidade, Eld nos contos gaélicos. Os marinheiros deslizam de um lado ao outro como os fantasmas de séculos sepultados; nos olhos, uma resposta de anseio e inquietação; e, quando seus dedos atravessam meu caminho no brilho voraz das lanternas de batalha, sinto como nunca me senti antes, embora eu tenha sido por toda a minha vida um mercador de antiguidades, e tenha absorvido as sombras das colunas arruinadas em Balbeque, e Tadmor, e Persépolis, até tornar minha própria alma em uma ruína. (...)

Quando observo ao meu redor, sinto vergonha das minhas apreensões iniciais. Se tremi com os golpes da tempestade que até o momento nos atingiu, não deveria também me horrorizar à guerra do vento com o oceano, a qual as palavras "tornado" e "simum" são triviais e ineficazes ao tentar transmitir seu verdadeiro significado? Tudo nas imediações do navio é o negrume da noite eterna e o caos de águas sem bruma, mas, por volta de uma légua em ambos nossos lados, podem ser vistas, sem distinção e por intervalos, estupendas muralhas de gelo se elevando e esvanecendo no céu desolado, e parecendo-se com as paredes do universo. (...)

Como havia imaginado, o navio se provou estar em uma corrente; se tal denominação poderia ser dada com propriedade a uma maré que, uivando e gritando pelos brancos gelos, troveja em sua rota ao sul com a velocidade impetuosa da queda de uma cascata. (...)

Conceber o terror que sinto é, eu presumo, completamente impossível; ainda assim, a curiosidade de penetrar os mistérios destas regiões pavorosas predomina até mesmo sobre o meu desespero, e virá a me reconciliar com os aspectos mais horrendos da morte. É evidente que estamos navegando às pressas em direção a algum conhecimento fascinante, um segredo a nunca ser desvendado, cuja obtenção é a destruição. Talvez esta corrente nos leve ao polo sul em si. Devo confessar que uma suposição que aparenta ser tão desvairada tem todas as probabilidades a seu favor. (...)

A tripulação anda pelo convés com passos inquietos e trêmulos, mas carrega em suas faces uma expressão mais como a ânsia da esperança do que a apatia do desespero.

Neste meio-tempo, com o vento ainda à nossa popa e carregados de uma multidão de velas, por vezes o corpo do navio é erguido do mar! Oh, horror após horror! O gelo de repente se abre à direita, e à esquerda, e estamos em rodopio estonteante, em imensos círculos concêntricos, voltas e voltas pelas bordas de um gigantesco anfiteatro, cujo topo das paredes está perdido na escuridão e na distância. Mas pouco tempo me restará a ponderar sobre meu destino! Os círculos rapidamente se apequenam… estamos mergulhando na loucura dentre as garras do redemoinho! E, entre o rugir, e o bramir, e o trovejar do oceano e da tempestade, o navio estremece! Oh Deus! E afundamos nas águas.

NOTA DO AUTOR — O "Manuscrito encontrado em uma garrafa" foi originalmente publicado em 1831 e, apenas muitos anos após que eu me familiarizei com os mapas de Mercator, nos quais o oceano é representado precipitando-se, por quatro bocarras, no Golfo Polar (boreal), para ser absorvido pelas entranhas da terra; o polo em si sendo representado como uma rocha negra, erguendo-se a uma altura prodigiosa.

O RETRATO OVAL

O palacete em que meu valete se aventurou a entrar à força, em vez de me permitir passar a noite ao relento, em minha condição terrivelmente ferida, era um desses amontoados de penumbra e grandeza que há tanto se fazem de carrancas entre os Apeninos, não menos em fato do que nas fantasias da Sra. Radcliffe[4]. Pelas aparências, seu abandono fora temporário e muito recente. Estabelecemo-nos em um dos cômodos menores adornado de forma menos suntuosa que se encontrava em uma torre remota do edifício. Suas decorações eram ricas, mas esfarrapadas e antiquadas. Tapeçarias recobriam as paredes, também condecoradas com troféus armoriais múltiplos e multiformes, juntos de uma grande, e pouco usual, quantidade de pinturas modernas espirituosas em molduras de elaborados arabescos dourados. Nessas pinturas, que dependuravam das paredes não apenas nas superfícies principais, mas

4 Ann Radcliffe (1764 – 1823), escritora inglesa e uma das pioneiras do romance gótico. (N.T.)

também nos múltiplos cantos criados por necessidade pela arquitetura bizarra do palacete; nessas pinturas meu delírio incipiente, talvez, me tenha ocasionado um profundo interesse, tanto que pedi a Pedro que fechasse as pesadas venezianas do quarto e, já que a noite havia caído, acendesse as velas do alto candelabro situado ao lado de minha cabeceira e escancarasse as cortinas franjadas de veludo negro que envolviam a cama em si. Desejei tudo isso feito para que então eu pudesse me resignar, se não para o sono, ao menos a alternar entre a contemplação dessas imagens e o folheio do pequeno volume encontrado sobre o travesseiro, cujo propósito era as criticar e descrever.

Por longas, longas horas eu li; e devotamente, dedicadamente, contemplei. Rápido e glorioso o tempo voou, e veio a alta meia-noite. A posição do candelabro me desagradou e, estendendo minha mão com dificuldade, para não ter que perturbar meu valete adormecido, o coloquei de forma que lançasse mais de sua luz sobre o livro.

Porém, esta ação produziu um efeito completamente inusitado. As chamas das numerosas velas (que eram muitas) agora caíam sobre um nicho do quarto até então escondido na profunda escuridão por um dos postes da cama. Assim enxerguei na vívida luz um quadro que antes passara despercebido. Era o retrato de uma jovem menina prestes a se tornar mulher. Vi a pintura de relance apressado e então fechei os olhos. Por que o fiz, a princípio, não foi aparente sequer para minha própria percepção. Mas enquanto minhas pálpebras se mantiveram fechadas, divaguei em minha mente sobre as razões para tal. Foi um movimento impulsivo para ganhar tempo ao pensamento, para ter certeza de que minha visão não me pregava uma peça, para acalmar e subjugar o imaginado a uma contemplação mais certa e sóbria. Em poucos momentos dirigi de novo o olhar fixo para a arte.

Que agora eu a via de forma correta, sequer podia ou iria duvidar; pois o primeiro iluminar das velas sobre a tela parecia ter dissipado o estupor onírico que me roubava os sentidos, e me sobressaltou outra vez à vida desperta.

O retrato, como já disse, era de uma jovem. Meramente um busto, feito dentro do que é tecnicamente chamado de vinheta; muito no estilo das cabeças favoritas de Sully[5]. Os braços, seios e até mesmo o fim das radiantes mechas se desmanchavam imperceptíveis na vaga, ainda que profunda, escuridão que formava o plano de fundo do todo. A moldura era oval, ricamente dourada e filigranada no estilo mourisco. Como objeto de arte, nada poderia ser mais admirável que a pintura em si. Mas não teria sido a execução do trabalho, nem a beleza imortal daquele semblante, que me tocara de maneira tão repentina e veemente. Menos ainda fora minha imaginação, perturbada de seu meio-sono, capaz de confundir a cabeça pela de uma pessoa viva. Logo percebi que as peculiaridades do desenho, da técnica e da moldura por si teriam dissipado instantaneamente tal ideia; deveriam ter prevenido até mesmo sua consideração momentânea. Pensando a fundo nesses pontos, continuei, por uma hora talvez, meio sentado, meio reclinado, com minha visão cravada no retrato. Finalmente, satisfeito com o verdadeiro segredo de seu efeito, deixe-me cair de novo no leito. Entendi o feitiço do quadro como a vivacidade absoluta da expressão, que, a princípio fantástica, acabou por me confundir, subjugar e horrorizar. Foi com a mais profunda e reverente admiração que recoloquei o candelabro em sua posição anterior. Com a causa de minha intensa agitação velada da visão, procurei de maneira ardente pelo volume que discutia as pinturas e suas histórias. Avançando para a página que designava o retrato oval, li as vagas e peculiares palavras que seguem:

"Ela era uma donzela de rara beleza, tão adorável quanto jubilosa. E cruel foi a hora em que ela viu, e amou, e se casou com o pintor. Ele, impetuoso, estudioso, severo, e já tendo com noiva sua Arte; ela, uma donzela de rara beleza, tão adorável quanto jubilosa, toda

5 Thomas Sully (1783 – 1872), pintor americano famoso por retratar figuras políticas. (N.T.)

luz e sorrisos, e galhofeira feito jovem corsa, amante e prezadora de todas as coisas, odiosa apenas da Arte que era sua rival, temente apenas às paletas e pincéis e outros instrumentos desagradáveis que a privavam da feição de seu amado. Assim, foi algo terrível para esta dama ouvir o pintor clamar o desejo de retratar sua jovem noiva. Mas ela era humilde e obediente, e sentou-se resignada por muitas semanas na escura e alta câmara da torre onde, vinda apenas de cima, a luz pingava sobre a tela pálida. Mas ele, o pintor, conquistava a glória por meio do trabalho, que se prolongava por horas e horas, dias e dias. E ele era um homem impetuoso, rabugento e vigoroso, que se perdia em devaneios; assim não via que a luz, que caía fantasmagórica na torre solitária, definhava a saúde e o espírito de sua noiva, que fenecia perante a todos menos ele. Ainda ela continuou a sorrir e posar, sem reclamar, porque viu que o pintor (que tinha grande renome) sentia um prazer fervoroso e ardente em seu ofício, e se ocupou dia e noite a retratar aquela que o amava, inda que se tornava mais frágil e desalentada a cada hora. E, de fato, alguns que contemplaram o retrato proferiram sua verossimilhança em quietas palavras, maravilhados, prova não menos dos poderes do pintor quanto de seu profundo amor por aquela que retratou com tão incrível maestria. Mas, com o passar do tempo, quando o trabalho se aproximava da conclusão, a ninguém era permitida a entrada na torre; pois o pintor tornara-se selvagem no ardor de sua labuta, e tinha olhos apenas para a tela, mesmo quando analisava a face de sua esposa. Assim ele não via que as tonalidades que ele espalhava sobre o quadro eram roubadas das bochechas daquela que se sentava ao seu lado. E, quando muitas semanas se passaram e pouco restava fazer, salvo uma pincelada sobre a boca e um brilho sobre o olho, o espírito da jovem outra vez tremulou como a chama contida em uma lamparina. Então a pincelada foi dada, e brilho foi colocado;

e, por um momento, o pintor permaneceu encantado ante a obra que ele havia forjado; mas no próximo, enquanto a tela ele ainda observava, tornou-se muito pálido e trêmulo, e horrorizado, gritou em alta voz 'Esta é, com certeza, própria essência da Vida!' e virou-se repentinamente para encarar sua amada: ela estava morta!"

O POÇO E O PÊNDULO

Impia tortorum longos hic turba furores
Sanguinis innocui, non satiata, aluit.
Sospite nunc patria, fracto nunc funeris antro,
Mors ubi dira fuit vita salusque patent.

Quadra composta para os portões de um mercado a ser edificado sobre o local do Clube Jacobino em Paris.

Eu estava fraco, fraquíssimo, com aquela longa agonia e, quando enfim fui desatado e permitido a me sentar, percebi que perdia os sentidos. A sentença, a funesta pena de morte, foi a última acentuação distinta que chegou aos meus ouvidos. Após tal, o som das vozes inquisitoriais pareceu mesclado em um indeterminado zumbido onírico. Este conveio à minha alma a ideia de revolução, talvez por sua associação imaginária com o ruído de uma roda de moinho. Isto foi apenas por um momento breve, pois logo nada mais escutei. Ainda, por algum tempo, eu vi, porém distorcidos em terríveis extrapolações! Eu vi os lábios dos juízes e seus robes negros. Eles me pareciam brancos, mais claros que as folhas em que traço estas palavras, e finos a ponto do grotesco, comprimidos com a intensidade de suas expressões de rigidez, de decisão irredutível, de severo desdém pela dor humana. Eu vi que os decretos que a mim eram Destino ainda se proclamavam por aqueles lábios. Vi retorcerem-se em locução mortal. Vi formarem as sílabas de meu nome, e tremi porque nenhum som sucedeu. Eu vi, também, por alguns momentos de horror delirante, o suave e quase imperceptível ruflar das cortinas negras que encobriam as paredes do cômodo. E então minha visão se fixou nas sete velas altas sobre a mesa. A princípio elas se encobriam com o aspecto de caridade, e pareceram anjos brancos e esguios que me salvariam; mas, repentinamente, uma náusea letal se apossou de meu espírito, e senti cada fibra de meu corpo tremer como se tocada pelo cabo de uma bateria galvânica, enquanto as formas angelicais se tornavam espectros insignificantes, com cabeças de chamas, e percebi que deles não conseguiria qualquer ajuda. Então se apossou de minha imaginação, feito rica nota musical, o pensamento de que doce descanso deve se encontrar no túmulo. A ideia veio gentil e furtiva, e pareceu demorar até atingir seu completo apreço, mas, quando meu espírito por fim pôde senti-la e entretê-la com propriedade, as figuras dos juízes esvaneceram, como que por mágica, em frente aos meus olhos; as velas altas afundaram no vazio, suas chamas completamente apagadas; o negrume da escuridão prevaleceu; todas as sensações pareceram ser engolidas como na enlouquecida precipitação da alma que descende ao Hades. Então o silêncio, a imobilidade, e a noite era o universo.

Havia desmaiado, mas ainda não direi que toda consciência fora perdida. O que sobrara dela não atentarei definir, ou sequer descrever; ainda assim, nem tudo estava perdido. Na intensa dormência… Não! Em delírio… Não! Em inconsciência… Não! Na morte… Não! Até mesmo no túmulo nem tudo está perdido. De outra forma, não haveria imortalidade para o homem. Ao despertarmos do mais profundo repouso, partimos as teias de algum sonho. E, no segundo seguinte, tão frágil aquela teia era, sequer lembramos o que havíamos sonhado. Ao retornar à vida, vindo de um desmaio, há dois estágios: primeiro, aquele no sentido mental ou espiritual; seguido daquele no sentido físico, existencial. Parece provável que se, ao entrarmos no segundo estágio, conseguíssemos relembrar as impressões que tivemos durante o primeiro, encontraríamos nelas claras memórias do golfo além. E este golfo é... O quê? Como poderíamos ao menos distinguir suas sombras daquelas da cripta? Mas, se as impressões do que nomeei como primeiro estágio não são livremente relembradas, ainda, após longo intervalo, elas não chegam sem serem convidadas, enquanto nos perguntamos de onde vieram? Aquele que nunca desmaiou não é quem encontra palácios estranhos e curiosas faces familiares em carvões incandescentes; não é quem observa tristes visagens em pleno ar, que muitos podem não enxergar; não é quem reflete sobre o perfume de alguma flor desconhecida; não é quem tem o cérebro perturbado pelo significado de alguma cadência musical que nunca antes prendera sua atenção.

Entre frequentes e reflexivas labutas ao tentar relembrar — entre sinceros esforços para recobrar alguma prova do estado de aparente nulidade no qual minha alma se ocultara —, houve momentos em que sonhei com o sucesso. Houve breves, muito breves períodos em que conjurei lembranças que, tempos depois, a razão lúcida me assegurou, deveriam ser referência apenas àquela condição de aparente inconsciência. Essas sombras de memória recontam, de forma indistinta, como altos vultos ergueram-me e me arrastaram, em silêncio, para baixo… abaixo… e ainda mais abaixo… até uma vertigem hedionda me oprimir à mera ideia da infinitude da descida. Também me relatam um vago horror ao meu coração, devido à sua própria quietude desnatural. Então houve uma sensação de imobilidade por todas as coisas, como se aqueles que me arrastavam (um trem pavoroso!) houvessem ultrapassado, em sua descendência, os limites do ilimitável, e pausado pela exaustão em seus esforços. Após isso vieram à minha mente as ideias de planura e umidade; e depois tudo é loucura, a loucura de uma memória que se ocupa de coisas proibidas.

Voltaram repentinos à minha alma o som e o movimento: os fluxos tumultuosos de meu coração e, em meus ouvidos, o ruído de seus batimentos. Então uma pausa em que tudo é branco. Em seguida novamente som, e movimento, e tato: uma sensação de formigamento permeou toda minha estrutura. Então a mera consciência da existência, sem pensamentos, uma condição que perdurou um longo tempo. E, de maneira muito súbita, pensamento, e o terror trêmulo, e esforços sinceros em compreender meu estado verdadeiro. Seguiu-se de um forte desejo de voltar à insensibilidade. Logo, um fluxo de reavivamento da alma e sucesso na tentativa de me mover. Por fim, a memória completa do julgamento, dos juízes, das cortinas negras, da sentença, do mal-estar, do desmaio. Também o completo esquecimento de tudo que seguiu estes — o que apenas em uma data futura, e com o mais diligente dos esforços, fui capaz de relembrar vagamente.

Até aquele momento, eu não havia aberto meus olhos. Sentia que me deitava com a barriga para cima, sem amarras. Estendi a mão, e ela caiu sobre algo duro e molhado. Sofri a mantê-la ali por vários minutos, enquanto me esforçava para imaginar onde estaria, e em que estado. Queria, mas não ousava aplicar minha visão. Temia qual seria o primeiro relance dos objetos ao meu redor. Não que eu temesse presenciar algo horrível, mas me apavorava a ideia de não haver coisa alguma a ser vista. Por fim, e com um terrível desespero em meu coração, na pressa abri meus olhos. Meus piores pensamentos, então, foram confirmados. A treva da noite eterna me envolvia. Tinha dificuldades em respirar. A intensidade da escuridão parecia me oprimir e subjugar. A atmosfera era intoleravelmente claustrofóbica. Continuei a deitar, quieto, enquanto tentava exercitar minha razão. Me vieram à mente os processos inquisitoriais, e empenhei-me a, a partir deste ponto, deduzir minha condição verdadeira. A sentença foi aprovada, e me parecia que um longuíssimo intervalo de tempo havia ocorrido. Ainda assim, por nenhum momento acreditei estar morto. Tal suposição, excluindo aquilo que lemos na ficção, é de todo inconsistente com a existência real; mas onde e em que estado eu me encontrava? Os condenados à morte, que eu soubesse, em geral pereciam nos *autos de fé*[6], e um destes acontecera na mesma noite de meu julgamento. Havia sido levado de volta à masmorra para esperar o próximo sacrifício, que apenas ocorreria dali a muitos meses? Isso, logo percebi, não poderia ser verdade. Vítimas estavam em demanda imediata. Além disso, minha cela, assim como as de todos os condenados em Toledo, tinha o chão de pedra, e luz ainda a adentrava.

Uma ideia terrível de pronto jorrou o sangue em torrentes dentro de meu coração e, por um breve momento, tive um relapso de insensibilidade. Ao me recuperar, levantei-me logo, tremendo convulsivamente com todas as minhas fibras. Lancei os braços de forma ampla ao meu redor e a quaisquer lados. Nada senti; ainda assim, temia dar um passo e me encontrar com as paredes de uma tumba. A transpiração escorria de todos os poros e se condensava em grandes e frias gotas em minha testa. A agonia do suspense por fim se tornou intolerável, e me movi em frente com cuidado, meus braços estendidos, olhos forçados de suas órbitas, na tentativa de encontrar qualquer fraca nesga de luz. Prossegui por vários passos; ainda, tudo era escuro e vazio. Respirei um pouco mais leve. Parecia evidente que o meu não era, ao menos, o mais hediondo dos destinos.

E então, enquanto eu continuava a seguir em frente, cuidadoso, minha mente se tumultuou com as lembranças de milhares de vagos boatos sobre os horrores em Toledo. Das estranhezas recontadas sobre as masmorras (as quais eu sempre considerara fábulas), as mais incomuns, muito terríveis para repetir, salvo em sussurros. Havia sido deixado para morrer de inanição naquele mundo de escuridão; ou que destino, talvez ainda mais assustador, me era reservado? Que o resultado seria a morte, e uma morte com mais do que a costumeira amargura, não duvidaria, por conhecer bem a reputação de meus condenadores. O modo e o momento eram tudo que me ocupava e distraía.

6 Ritual de penitência pública de hereges e apóstatas. (N. T.)

Minhas mãos estendidas acabaram por encontrar uma obstrução sólida. Era uma parede, que parecia ser constituída de pedra, muito lisa, viscosa e fria. Segui seu comprimento, pisando com a desconfiança cuidadosa que certas narrativas ancestrais haviam me inspirado. Esse processo, porém, não me rendeu meios de averiguar as dimensões da masmorra, pois eu podia fazer todo o trajeto e retornar ao ponto de partida sem estar ciente do fato, tão perfeita parecia ser a regularidade da parede. Portanto, procurei pela faca que tinha em meu bolso quando fui levado para a câmara inquisitorial, mas não estava lá; minhas roupas haviam sido trocadas por trapos de sarja grosseira. Havia pensado em forçar a lâmina em alguma fenda minúscula na alvenaria, para identificar meu ponto de partida. O problema, de qualquer forma, era trivial; porém, devido à desordem dos meus pensamentos, a princípio me pareceu insuperável. Rasguei parte da barra do robe e coloquei o fragmento no chão, esticado por inteiro e perpendicular à parede. Ao tatear meu caminho pela prisão, não falharia em encontrar a tira de tecido ao completar o circuito. Assim, ao menos, eu pensei: mas não havia contado com a extensão da masmorra, ou com a minha própria fraqueza. O chão era úmido e escorregadio. Cambaleei em frente por algum tempo, até que tropecei e caí. Minha fadiga excessiva me induziu a continuar parado, e o sono logo tomou conta enquanto me deitava.

Ao acordar e esticar meu braço, encontrei ao meu lado um pão e um jarro d'água. Estava muito exausto para refletir sobre tal circunstância, mas comi e bebi com avidez. Pouco após, voltei ao meu reconhecimento ao redor da prisão, e com muitos esforços eu finalmente voltei ao fragmento de sarja. Até o momento em que caí, havia contado cinquenta e dois passos e, ao voltar a caminhar, marcava mais quarenta e oito quando eu cheguei ao trapo. Assim, havia ao todo cem passos. Considerando cada dois passos como quase um metro, presumi que o circuito tinha aproximados cinquenta metros. Havia encontrado, porém, muitos ângulos nas paredes, logo não pude formar qualquer palpite sobre o formato da cripta; pois cripta eu não conseguia evitar de a supor.

Eu tinha poucos incentivos (certamente não a esperança) nesses inquéritos, mas a vaga curiosidade me motivava a continuá-los. Largando da parede, decidi atravessar a área da clausura. A princípio procedi com extremo cuidado, pois o chão, embora aparentemente de material sólido, cobria-se com um manto traiçoeiro de muco. Após um tempo, porém, tomei coragem e não hesitei em pisar firme, me empenhando em atravessar em uma linha tão reta quanto possível. Avancei uns dez ou doze passos assim, até que uma sobra da barra rasgada de meu robe se enrolou nas minhas pernas. Pisei nela e caí de cara com violência.

Na confusão que acompanhou a queda, não compreendi de imediato a circunstância de certa forma perturbadora, que alguns segundos após, enquanto ainda me encontrava prostrado, tomou minha atenção. Era esta: meu queixo deitava-se no chão da prisão, mas meus lábios e a parte superior da cabeça, embora parecessem menos elevados que o queixo, tocavam em nada. Ao mesmo tempo, minha testa parecia banhada por um vapor aderente, e um cheiro peculiar de decadência fúngica chegou às minhas narinas. Estiquei em frente um braço e me arrepiei ao perceber que havia caído bem à borda de um poço circular, cuja extensão, claro, eu não tinha modos de mensurar naquele momento. Tateando a alvenaria logo abaixo da margem, consegui arrancar um pequeno fragmento, e o deixei cair no abismo. Por muitos segundos ouvi suas reverberações enquanto colidia contra as paredes do fosso em sua descida; finalizando com um lúgubre mergulho na água, sucedido de ecos altos. Ao mesmo tempo, houve o som do rápido abrir, e então fechar, de uma porta acima, enquanto um fraco raio de luz brilhou pela escuridão, e, de forma igualmente repentina, se dissipou.

Vi com clareza o destino que me havia sido preparado, e congratulei-me pelo acidente oportuno devido ao qual pude escapar. Outro passo ante a minha queda, e o mundo não mais me veria. E a morte evitada tinha as mesmas características que havia considerado como fantasiosas e frívolas nos contos a respeito da Inquisição. Para as vítimas de sua tirania, havia uma opção entre a morte na pior das agonias físicas, ou morte pelos horrores morais mais hediondos. Fui reservado para a segunda alternativa. Devido ao longo sofrimento, meus nervos haviam sido arruinados, até eu tremer ao som de minha própria voz, e havia me tornado, em todos os aspectos, o candidato ideal para o tipo de tortura que me esperava.

Tremendo com todos os membros, tateei meu caminho de volta à parede; resolvendo perecer ali a me arriscar nos horrores dos poços, os quais minha imaginação agora retratava em todo tipo de posição pela masmorra. Em outras condições mentais, eu poderia ter tido a coragem de acabar com a minha miséria de uma vez pulando em um dos abismos, mas, naquele momento, era o pior dos covardes. Nem podia esquecer o que eu havia lido sobre aqueles fossos: que a repentina extinção da vida não era a parte mais horripilante de sua função.

As agitações do espírito me mantiveram acordado por muitas longas horas, mas, por fim, acabei adormecendo outra vez. Ao acordar, encontrei ao meu lado, da mesma forma que antes, um pão e um jarro d'água. Uma sede ardente me consumia, e terminei o líquido do recipiente em um trago. Devia haver algum tipo de droga nele, pois mal terminei de beber antes de ficar irresistivelmente sonolento. Caí em um sono profundo; um sono como a morte. Por quanto tempo durou, não saberia dizer; mas, quando abri os olhos novamente, os objetos ao meu redor eram visíveis. Devido a um lustro sulfuroso e agressivo, cuja origem não podia determinar, conseguia enxergar a extensão e o aspecto da prisão.

Em sua extensão, eu estava gravemente enganado. O circuito completo de suas paredes não excedia os vinte e cinco metros. Por alguns minutos este fato me ocasionou um mundo de preocupações fúteis; fúteis de verdade! Pois o que poderia ter menos importância, diante das terríveis circunstâncias que me enlaçavam, do que as dimensões da masmorra? Mas minha alma tinha grande interesse em trivialidades, e me ocupei na tentativa de compreender o erro de medição que havia cometido. A verdade, por fim, me iluminou. Na minha primeira tentativa de exploração, eu havia contado cinquenta e dois passos até o momento em que caí, mas deveria estar a um passo ou dois do fragmento de sarja; na verdade, eu havia quase completado o circuito da cripta. Então dormi e, ao acordar, devo ter voltado sobre meus passos, assim supondo que o circuito era quase o dobro do seu tamanho real. Minha confusão mental me preveniu de perceber que eu havia começado minha excursão com a parede à minha esquerda, e terminado com a parede à direita.

Havia me enganado, também, a respeito do formato do recinto. Ao tatear o meu caminho, encontrei muitos ângulos, e assim deduzi uma figura de grande irregularidade — tão potente é o efeito da escuridão total sobre alguém que acaba de sair da letargia ou do sono! Os ângulos eram simplesmente os de algumas breves depressões, ou nichos, que se davam em intervalos irregulares. O formato geral da prisão era quadrado. O que eu considerara alvenaria agora aparentava ser ferro, ou algum outro tipo de metal, em grandes placas, cujas soldas ou juntas ocasionavam as depressões. Toda a superfície da clausura metálica era marcada de maneira grosseira com os mais horrendos e repulsivos padrões que a superstição mórbida dos monges havia alçado. As figuras de demônios com aspectos de ameaça, junto de formas esqueléticas e outras imagens mais pavorosas, se espalhavam e desfiguravam as paredes. Observei que os contornos destas monstruosidades eram suficientemente distintos, mas as cores pareciam apagadas e borradas, como que por efeito da umidade da atmosfera. Percebi o chão, também, que era feito de pedra. No centro escarava-se o poço circular cujas mandíbulas havia escapado, mas era o único da masmorra.

Tudo isso vi sem distinção e com muito esforço, pois minha condição pessoal havia mudado de maneira drástica durante o sono. Agora eu me deitava de barriga para cima, esticado, sobre um tipo de estrado de madeira baixo. A ele eu estava amarrado com firmeza por uma longa cinta que lembrava uma sobrecilha. Esta passava em muitas revoluções ao redor dos membros e corpo, dando liberdade apenas à minha cabeça e alguma extensão do braço esquerdo, de maneira que, por meio de muita força, podia me alimentar com a comida de um prato de barro que havia sido deixado no chão ao meu alcance. Vi, para o meu horror, que o jarro havia sido removido. Digo horror, pois eu era consumido por uma sede intolerável. Parecia ser um intuito de meus algozes a estimular, já que a comida no prato era carne extremamente temperada.

Olhando para cima, inspecionei o teto de minha prisão. Era uns dez ou doze metros para o alto, e construído da mesma maneira que as paredes laterais. Havia, em um de seus painéis, uma figura singular que capturou minha atenção como um todo. Era uma pintura retratando o Tempo como o ceifador que este geralmente é representado, salvo que, em vez de uma foice, ele segurava algo que, de relance casual, supus ser o desenho de um grande pêndulo como os que vemos em relógios antigos. Havia algo na aparência desta máquina, porém, que me forçou a considerá-la com mais atenção. Enquanto a observava acima (pois sua posição era imediatamente sobre a minha própria), imaginei vê-la se mover. No instante seguinte, a impressão foi confirmada. Seu balançar foi breve e lento. Assisti-a por alguns minutos, com um pouco de medo, mas mais admiração. Após cansar-me de assistir seus movimentos tortuosos, acabei por levar meus olhos aos outros objetos na cela.

Um leve ruído atraiu minha atenção, e, olhando para o chão, vi diversas ratazanas enormes o atravessando. Elas haviam subido do poço que estava na beira de minha visão, à direita. Mesmo ali, enquanto as observava, elas vinham em tropas, velozes, com olhos famintos, atraídas pelo cheiro da carne. Tive que usar muito de minha energia e atenção para afugentá-las do prato.

Talvez tenha se passado meia hora, ou até uma hora completa (pois tudo que podia era perceber o tempo de maneira imperfeita), antes de eu virar meus olhos para cima outra vez. O que vi então me confundiu e assombrou. O alcance do pêndulo havia crescido em extensão por quase um metro. Por consequência natural, sua velocidade também era muito maior. Mas o principal motivo para meu distúrbio era a ideia de que ele havia descido visivelmente. Eu observava, com um horror que não necessito descrever, que a extremidade inferior do pêndulo era formada por uma crescente de aço cintilante, com aproximados trinta centímetros de comprimento entre os chifres, estes apontados para cima, e a lâmina abaixo deles tão afiada quanto a de uma navalha. Também nesta comparação, ela parecia densa e pesada, encorpando do fio a uma estrutura sólida e larga acima. Ela se anexava a uma sólida barra de bronze, e todo o aparato silvava ao oscilar pelo ar.

Não podia mais duvidar da perdição preparada para mim pela ingenuidade monástica para tortura. Meu conhecimento do poço havia sido descoberto pelos agentes inquisitoriais. O poço, cujos horrores haviam sido guardados apenas aos hereges tão audazes quanto eu. O poço, típico inferno, e considerado pelos rumores como a Ultima Thule[7] de todas as punições. O mergulho neste eu evitei pelo mais mero acidente, e sabia que surpresa, ou a conservação no tormento, formava uma porção importante de todo o grotesco das mortes nestas masmorras. Tendo falhado a cair, não era parte do plano do demônio empurrar-me ao abismo; assim (e sem qualquer alternativa) uma forma diferente e mais branda de destruição me aguardava. Branda! Sorri amargamente na minha agonia enquanto pensava em tal aplicação desse termo.

Qual sentido há em falar das longas, longas horas de horror mais que mortal, durante as quais contei as vibrações irradiantes do aço! Centímetro por centímetro… linha a linha… Sua descida apenas apreciável em intervalos que pareciam eras… abaixo e ainda mais baixo ele vinha! Dias passaram — pode ser que muitos dias tenham se passado — inda ele oscilava acima, e tão próximo que me abanava com seu bafo acre. O odor do metal afiado se forçava em minhas narinas. Eu rezei; implorei aos céus com minhas rezas para uma descida mais veloz. Tornei-me

7 Latim: Limites do mundo conhecido. (N. T.)

cada vez mais freneticamente louco, e me esforcei a erguer meu corpo mais próximo do caminho da cimitarra medonha. E então fiquei calmo de maneira repentina, e me deitei sorrindo à morte cintilante, como uma criança faz a um brinquedo singular.

Houve outro intervalo de completa insensibilidade; foi breve, pois, ao voltar à vida outra vez, o pêndulo não descera de qualquer maneira perceptível. Mas pode ser que tenha sido longo; afinal, sabia que existiam demônios que perceberam meu desmaio, e que podiam ter parado o movimento ao seu bem entender. Ao me recobrar, também, me senti muito (Oh! Além do que posso expressar!) fraco e doente, como se por um longo tempo de inanição. Mesmo nas agonias deste período, a natureza humana pedia por comida. Com dolorosos esforços, estiquei o braço esquerdo o quão distante minhas amarras me permitiam e adquiri as poucas sobras que haviam sido deixadas a mim pelos ratos. Enquanto levava a porção aos lábios, veio à minha mente um pensamento malformado de alegria: de esperança. Mas o que eu tinha a me meter com esperança? Era, como eu disse, um pensamento vago; os homens têm muitos como este, que nunca são completados. Senti que era de alegria, de esperança; mas também percebi que ele havia perecido ainda em formação. Em vão tentei aperfeiçoá-lo, reganhá-lo. O longo sofrimento havia quase aniquilado todos os poderes ordinários de minha mente. Eu era um imbecil, um idiota.

O oscilar do pêndulo era perpendicular ao meu comprimento. Vi que a crescente fora projetada para cruzar a região de meu coração. Ela esvoaçava a sarja de meu robe; retornava para repetir suas operações; de novo, e de novo. Independentemente da terrível largura de seu alcance (algo como nove metros ou mais) e do vigor sibilante de sua descida, suficiente para sulcar as paredes feitas de ferro, ainda o tremular do meu robe era tudo o que, por vários minutos, ela iria conquistar. E neste pensamento eu me detive. Não me desafiei a ir mais fundo nesta reflexão. Demorei-me nele com a pertinácia da atenção; com se, assim o rememorando, eu pudesse segurar a descida do aço. Forcei-me a ponderar sobre o som da crescente quando esta fazia flutuar minhas vestes; sobre a peculiar sensação arrepiante que a fricção do tecido produzia nos nervos. Perscrutei todas estas frivolidades até ranger meus dentes em agonia.

Abaixo. Mais e mais abaixo o pêndulo se arrastou. Tive prazer delirante em contrastar sua descida com a velocidade lateral que ganhava. Para a direita; para a esquerda; longo e aberto; com os gritos de um espírito condenado! Ao meu coração com os passos furtivos do tigre! Eu alternava entre rir e uivar quando uma ou outra ideia tornavam-se predominantes.

Abaixo. Certamente, incansavelmente abaixo! O pêndulo oscilava a sete centímetros de meu peito! Esforcei-me com fúria e violência para livrar o braço esquerdo. Este se encontrava livre apenas do cotovelo até a mão. Conseguia usá-la, esticá-la até o prato ao meu lado, e à minha boca, com muito trabalho, mas nada além disso. Se tivesse me livrado das amarras acima do cotovelo, teria tentado agarrar e parar a descida do pêndulo. Melhor me sairia tentando parar uma avalanche!

Abaixo. Ainda sem paradas, ainda inevitavelmente abaixo! Arfei e lutei à cada oscilação. Encolhia, convulsivo, a cada movimento. Meus olhos seguiam seus giros para fora ou para cima com a ânsia do mais inexpressável desespero; eles se fechavam em espasmos à descida e, embora a morte viesse para me aliviar (Oh, como é indescritível!), ainda eu tremia com todos os nervos ao pensar como um suave afundar do maquinário precipitaria aquele machado agudo e cintilante sobre meu peito. Era a esperança que motivava os nervos a tremularem, o corpo a encolher. Era esperança, do tipo que triunfa no sofrimento, que sussurrava aos condenados à morte mesmo nas masmorras da Inquisição.

Vi que algo como dez ou doze daquelas oscilações trariam o aço em contato com o meu robe, e com esta observação repentinamente veio ao meu espírito toda a afiada e recolhida calma do desespero. Pela primeira vez em muitas horas, ou talvez dias, eu *pensei*. Neste momento me ocorreu que a bandagem, ou a sobrecilha que me envolvia, era única. Não estava amarrado por qualquer outra corda separada. O primeiro passar da navalha crescente através de qualquer local da faixa a arrebentaria, de forma que eu poderia me desamarrar usando a mão esquerda. Mas quão medonha, neste caso, seria a proximidade com o aço! Quão letal o resultado do mínimo erro! E não era provável, além disso, que os lacaios do torturador não tivessem previsto e provido soluções para tal possibilidade? Era possível que a banda passasse sobre meu peito no caminho do pêndulo? Temendo descobrir a minha fraca e, aparentemente, última esperança frustrada, elevei minha cabeça o suficiente para obter uma visão clara de meu tronco. A sobrecilha envolvia meus membros e corpo, apertada e em todas as direções, exceto no caminho da crescente destruidora.

Mal deixei minha cabeça cair novamente em sua posição original, quando veio à minha mente aquilo que não posso descrever melhor do que a metade não formada da ideia de salvação a qual aludi previamente, cuja peça faltante apenas flutuou indeterminada através de meu cérebro quando levei comida aos meus lábios ressecados. O pensamento completo agora estava presente; débil, pouco são e mal definido; mas ainda inteiro. Procedi de uma vez, com a energia nervosa do desespero, a tentar sua execução.

Por muitas horas os arredores imediatos do baixo estrado no qual me deitava estavam literalmente pululando ratazanas. Elas eram selvagens, ousadas, famintas; seus olhos vermelhos me secavam como se esperassem a cessação dos movimentos de minha parte para fazer-me sua presa. "Com que tipo de comida", eu pensei, "elas se habituaram, vivendo no poço?"

Elas haviam devorado, apesar dos meus esforços para impedi-las, tudo exceto por uma pequena porção do conteúdo do prato. Eu havia entrado em um vaivém mecânico, ou um abanar da mão nos arredores do recipiente, e, com o tempo, a uniformidade inconsciente do movimento o privou do efeito. Em sua voracidade, as pragas com frequencia cravejavam suas presas afiadas em meus dedos. Usando das partículas de alimento oleoso e temperado que então sobrava, esfreguei as bandas com minúcia em todos os lugares que alcançava; então, erguendo minha mão do chão, me deitei imóvel, praticamente sem respirar.

A princípio os animais vorazes foram surpresos e se assustaram com a mudança, com a cessação do movimento. Eles se recolheram alarmados; muitos fugiram para o poço. Mas isso foi apenas por um momento. Eu não havia contado em vão com sua voracidade. Observando que continuava imóvel, um ou dois dos ratos mais corajosos pularam no estrado e cheiraram a sobrecilha. Este pareceu o sinal para um assalto geral. Do poço, vieram apressadas as novas tropas. Eles se agarraram à madeira, passaram por cima dela, pularam às centenas sobre minha pessoa. Os movimentos mensurados do pêndulo não os incomodavam. Evitando seus golpes, eles se ocuparam com o couro besuntado. Continuaram o ataque, me cobriram em pilhas que se acumulavam. Eles se retorciam sobre meu pescoço, seus lábios gelados procuraram os meus… Eu estava quase sufocando abaixo de sua pressão amontoada… Nojo, para qual não tenho nome, cresceu no meu peito, e esfriou pegajosamente o meu coração. Mais um minuto, e eu sentia que meu esforço se encerraria. Percebi com clareza o afrouxar das amarras. Sabia que ela já estava arrebentada em mais de um lugar. Foi por uma resolução sobre-humana que me mantive parado.

Nem havia errado meus cálculos, nem havia persistido em vão. Finalmente senti que estava livre. A sobrecilha pendurava-se em tiras sobre meu corpo. Mas o golpe do pêndulo já se pressionava contra meu peito. Ele dividiu a sarja do meu robe. Havia cortado através do linho abaixo. Duas vezes ele oscilou, e a aguda sensação de dor disparou por cada nervo. Mas o momento da fuga havia chegado. Com um aceno da mão, meus salvadores fugiram em tumulto. Em movimento contínuo — cuidadoso, lateral, recolhido e lento —, escorreguei do abraço das amarras e para além do alcance da cimitarra. Por um momento, pelo menos, eu estava livre.

Livre! Mas nas garras da Inquisição! Mal havia me erguido ao deixar o estrado de horrores para pisar de novo no chão de pedra da prisão, quando o movimento infernal da máquina parou, e eu a observei se erguer, como que por uma força invisível, até sumir através do teto. Esta é uma lição que, desesperado, guardei no coração. Cada um de meus movimentos estava, sem sombra de dúvida, sendo observado. Livre! Mas havia escapado a morte em uma forma de agonia, para ser entregue a algo ainda pior que ela, em outra roupagem. Com isso em mente, virei meus olhos, nervoso, para as barreiras de ferro que me mantinham cercado. Algo estranho (uma mudança que, a princípio, não pude apreciar de maneira distinta), era óbvio, havia acontecido no recinto. Por muitos minutos de devaneios sonolentos e vagarosos, me ocupei em vão em conjecturas desconexas. Durante esse período, tomei conhecimento, pela primeira vez, da origem da luz sulfurosa que iluminava a cela. Ela provinha de uma fissura, de aproximadamente um centímetro e meio de largura, que se estendia por todo o perímetro da prisão na base das paredes, que pareciam, e eram, separadas do chão por completo. Me empenhei, óbvio que em vão, a olhar através da abertura.

Ao me levantar após a tentativa, o mistério da alteração na câmara se revelou de uma vez ao meu entendimento. Eu observei que, embora os contornos das figuras nas paredes fossem distintos o suficiente, seu preenchimento era borrado e indefinido. Estas cores haviam então assumido, e estavam a cada momento assumindo mais, um brilho assustador e intenso, que dava aos retratos espectrais e demoníacos um aspecto que poderia ter abalado mesmo nervos mais sólidos que os meus. Olhos demoníacos, de vivacidade selvagem e assombrosa, me encararam de centenas de direções, de onde nenhum havia sido visível antes, e cintilavam com o lustro lúgubre de um fogo que eu não conseguia forçar a imaginação a considerar como um devaneio.

Devaneio! Mesmo enquanto respirava, veio às minhas narinas o bafo dos vapores do ferro incandescente! Um odor sufocante impregnou a prisão! Uma luz mais profunda instalava-se a cada momento nos olhos que assistiam minhas agonias! Um tom mais rico de escarlate se difundiu sobre os horrores de sangue representados. Eu ofeguei! Arquejei por ar! Não havia dúvidas dos planos de meus torturadores; Oh! Os mais implacáveis! Oh! Mais demoníacos dos homens! Recolhi-me do metal brilhante para o centro da cela. Entre as ideias de destruição flamejante pendentes, a lembrança da frieza do poço veio à minha alma como um bálsamo. Corri até sua beira letal. Joguei minha visão forçada abaixo. O brilho do teto flamejante iluminava seus recessos mais obscuros. Ainda, por um momento atroz, meu espírito se negou a compreender o significado do que via. Após um tempo este se forçou; lutou pelo caminho até minha alma; e se gravou à fogo em minha razão tremulante. Oh! Por uma voz para falar! Oh! O horror! Oh! Qualquer horror menos este! Com um berro, me afastei da margem e enterrei o rosto em minhas mãos, chorando amargamente.

A temperatura aumentou depressa, e de novo eu olhei para cima, tremendo como se em surto febril. Houve uma segunda mudança na cela; e então era uma clara mudança na forma. Como antes, foi em vão que eu, a princípio, tentei apreciar ou entender o que estava acontecendo. Mas não por muito tempo que fui deixado na dúvida. A vingança Inquisitorial havia sido apressada pela minha fuga dupla, e acabaram-se os gracejos com o Rei dos Terrores. O recinto fora quadrado. Via então que dois de seus ângulos férreos agora eram agudos; dois, por consequência, obtusos. A diferença medonha logo aumentou com um rugido ou gemido baixo. Em um instante o local havia mudado sua forma em um losango. Mas a alteração não parara ali; nem eu tinha esperança ou desejo de que parasse. Eu poderia ter unido as paredes vermelhas com meu peito, em uma veste da paz eterna.

— Morte — dizia —, qualquer morte menos a do poço!

Tolo! Podia eu não saber que era o objetivo do ferro incandescente ao poço me instigar? Poderia resistir ao seu brilho? Ou, se isso, poderia aguentar sua pressão? E então, mais e mais achatado tornava-se o losango, com uma velocidade que me deixou sem espaço para contemplação. Seu centro e, claro, sua largura máxima, chegaram logo acima do golfo escancarado. Recolhi-me, mas as paredes que se fechavam me pressionaram, sem resistência, em frente. Por fim, para o meu corpo chamuscado e contorcido não havia uma nesga de chão firme para pôr os pés na prisão. Não mais lutei, mas a agonia de minha alma achou alívio em um alto, longo e final grito de desespero. Senti que cambaleei até a beira, desviei meu olhar e...

Soou o zunido discordante de vozes humanas! Um alto sopro, como se de muitas trombetas! Houve o rude raspar de milhares de trovões! As paredes flamejantes recuaram! Um braço esticado segurou o meu próprio quando caí, desmaiando, no abismo. Era o braço do General Lasalle. O exército francês havia tomado Toledo. A Inquisição estava nas mãos de seus inimigos.

O GATO PRETO

Na narrativa mais inusitada, e ainda assim familiar, que estou prestes a pôr em palavras, não espero nem solicito que acredites. Louco seria eu de assim desejar, em um caso no qual meus próprios sentidos rejeitam suas evidências. Ainda assim, louco não sou; e tenho completa certeza de que não sonho. Mas amanhã eu morro, e hoje prefiro aliviar minha alma. Meu propósito imediato é revelar ao mundo — clara e sucintamente, e sem comentários — uma série de meros eventos domésticos. Em suas consequências, tais eventos têm me assombrado… me torturado… me destruído. E, mesmo assim, não me atreverei a explicá-los. A mim, eles apresentaram pouco além do horror; a muitos, parecerão menos terríveis e mais barrocos. No futuro, talvez, se encontrará um intelecto que reduzirá meu fantasmagórico ao lugar-comum; algum intelecto mais calmo, mais lógico, e muito menos emotivo que o meu, que perceberá, nas circunstâncias que detalho em assombro, nada mais que uma sucessão ordinária de causas e efeitos naturais.

Desde a infância era notável a minha natureza dócil e humana. A ternura do meu coração era tão evidente, a ponto de tornar-me o objeto da troça de colegas. Eu era, em particular, próximo das criaturas, e fui mimado por meus pais com uma grande variedade de animais de estimação. Com estes passei a maior parte do tempo, e nunca era tão feliz quanto nos momentos em que eu os alimentava e acariciava. Esta peculiaridade do caráter cresceu comigo e, na maturidade, foi a origem de uma das minhas principais fontes de prazer. Àqueles que cultivaram afeto por um cão leal e sagaz, sequer preciso me dar o trabalho de explicar a natureza ou a intensidade da gratificação que dali deriva. Há algo no amor altruísta e abnegado dos brutos que vai direto ao coração daquele que teve, em muitas ocasiões, de testar a rala amizade e os fiapos de fidelidade do mero homem.

Eu me casei cedo, e fui feliz de encontrar em minha esposa uma disposição compatível com a própria. Observando minha parcialidade aos animais domésticos, ela não perdeu a oportunidade de arranjar aqueles da natureza mais agradável. Tínhamos pássaros, peixes-dourados, um belo cão, coelhos, um pequeno macaco, e um *gato*.

O último era um animal extraordinariamente grande e garboso, preto por inteiro, e sagaz em um grau assombroso. No tocante ao seu intelecto, minha esposa, que, no fundo, era mais que um pouco tingida pela superstição, fazia alusões frequentes à antiga noção popular que considerava todos os gatos pretos como bruxas disfarçadas. Não que ela levasse a sério essa ponderação; apenas a menciono por nenhuma razão melhor do que o fato de que acabo de me lembrar desta.

Plutão (este era o nome do gato) foi o meu animal e comparsa favorito. Somente eu o alimentava, e ele me acompanhava aonde quer que fosse na casa. Era com dificuldades que o prevenia de me seguir pelas ruas.

Nossa amizade durou, desta maneira, por muitos anos, no decorrer dos quais meu temperamento e caráter gerais, pela influência do Demônio Desenfreio, experimentaram (enrubesço ao confessar) uma alteração radical para o pior. Tornei-me, dia após dia, mais rabugento, mais irritável, mais indiferente aos sentimentos alheios. Eu mesmo sofri ao usar um linguajar destemperado com minha esposa. Com o passar do tempo, até ofereci violência à sua pessoa. Meus animais, é claro, sentiram a mudança em minha disposição. Não só os negligenciei, mas mal os fiz. Por Plutão, porém, mantive apreço suficiente para me abster de maltratá-lo, enquanto não tinha escrúpulos nas agressões aos coelhos, ao macaco, ou até ao cão, quando por acidente ou afeição eles cruzavam meu caminho. Mas a doença continuou a me consumir; e nenhuma doença é como o Álcool! Por fim, até mesmo Plutão, que estava então ficando velho e, por consequência, um tanto ranzinza; até Plutão começou a sentir os efeitos de meu destempero.

Uma noite, ao retornar ao lar muito embriagado, vindo de uma de minhas bodegas na cidade, achei que o gato evitava minha presença. Eu o agarrei; então, devido ao seu susto pela minha violência, ele me infligiu um pequeno ferimento na mão com os dentes. A fúria de um demônio me possuiu em um instante. Já não me conhecia mais. Ao mesmo tempo que minha alma original parecia fazer sua fuga de meu corpo, uma malevolência diabólica, nutrida a gim, tomava cada fibra da minha estrutura. Tirei do bolso do colete um canivete, abri-o, aferrei a pobre criatura pelo pescoço e deliberadamente cortei um de seus olhos da órbita! Enrubesço, queimo e tremo enquanto redijo essa tamanha atrocidade.

Quando a razão retornou com a manhã — quando o sono me livrou dos vapores da depravação noturna —, vivenciei um sentimento metade horror, metade remorso, por um crime do qual eu era culpado; mas este foi, se muito, um sentimento débil e questionável, e minha alma continuou intocada. Novamente afundei em excessos, e logo afoguei com vinho todas as memórias do feito.

Neste meio-tempo, o gato se recuperou a passos lentos. A órbita do olho perdido apresentava, é vero, uma aparência assustadora, mas ele já não parecia sofrer com qualquer dor. Ele andava pela casa como sempre fizera, mas, como era de se esperar, fugia em terror extremo quando eu me aproximava. Eu ainda tinha o suficiente de meu antigo coração para me sentir magoado pelo evidente desgosto de uma criatura que um dia tanto me amara. Mas esse sentimento logo deu lugar à irritação. E então veio, como minha queda final e irrevogável, o espírito da PERVERSIDADE. Deste espírito a filosofia nada diz. Ainda assim, tenho tanta certeza quanto minha alma é viva de que a perversidade é um dos impulsos mais primitivos do coração humano; uma das faculdades primárias indivisíveis, ou sentimentos, que dão direção ao caráter do homem. Quem não, por uma centena de vezes, se encontrou cometendo uma ação vil ou boba, por nenhuma razão outra do que o conhecimento de que *não deveria* assim agir? Não temos uma inclinação perpétua, apesar de nossos melhores julgamentos, a violar aquilo que é Lei, simplesmente porque a entendemos como tal? Este espírito de perversidade, eu digo, veio para a minha queda final. Era uma ânsia imensurável da alma a se *automutilar*, de oferecer violência à sua própria natureza, de fazer o mal apenas por o fazer. Este sentimento me urgia a continuar e ao fim consumar a agressão que havia cometido contra o ser inofensivo. Uma manhã, a sangue-frio, corri um nó de forca ao redor de seu pescoço e o pendurei ao galho de uma árvore; enforquei-o com as lágrimas escorrendo de meus olhos, e com o mais amargo dos remorsos em meu coração; enforquei-o *porque* eu sabia que ele tinha me amado e *porque* sentia que ele não havia me dado razão para ofensa; enforquei-o porque eu sabia que ao fazê-lo estava cometendo um pecado; um pecado capital que comprometeria minha alma imortal a ponto de a colocar, se tal coisa for possível, para além até mesmo do alcance do perdão infinito do Mais Misericordioso e Mais Terrível Deus.

Na noite do dia em que esse feito cruel decorreu, fui acordado de meu sono por um grito anunciando incêndio. As cortinas de minha cama estavam em chamas. Toda a casa estava se tornando brasas. Foi com grande dificuldade que minha mulher, um serviçal e eu fizemos nossa fuga das labaredas. A destruição foi completa. Toda minha riqueza material fora devorada, e a partir de então me resignei ao desespero.

Estou além da fraqueza de tentar estabelecer uma sequência de causa e efeito entre a atrocidade e o desastre. Mas aqui detalho uma corrente de fatos, e não desejo deixar qualquer possível elo imperfeito.No dia após o incêndio, visitei as ruínas. Todas as paredes, com uma exceção, haviam desabado adentro. A que resistiu estruturava um aposento interno, não era muito grossa, erguia-se próxima ao centro da casa, e era contra a qual havia descansado a cabeceira de minha cama. O estuque ali havia, em muitos lugares, resistido à ação do fogo; um fato que atribuí a sua aplicação recente. Ao redor desta parede havia se juntado uma multidão, e muitas pessoas pareciam examinar uma porção em particular nos mínimos detalhes e com ávida atenção. As palavras "estranho!", "singular!" e outras expressões similares excitaram minha curiosidade. Aproximei-me e vi, como que gravado em baixo-relevo sobre a superfície branca, a figura de um enorme gato. A impressão apresentava uma exatidão maravilhosa. Havia uma corda ao redor do pescoço do animal.

Quando a princípio contemplei a aparição — pois mal podia considerá-la como menos que isso —, minha admiração e meu terror eram extremos. Mas, por fim, a razão veio a me salvar. O gato, eu lembrava, havia sido enforcado no jardim adjacente à casa. Ao alarme de fogo, este jardim foi de imediato invadido pela turba; da qual alguém deve ter desatado o animal da árvore e o atirado, através de uma janela aberta, em meus aposentos. Isso foi feito com o provável motivo de me acordar. A queda das outras paredes havia comprimido a vítima de minha crueldade na substância do estuque recém-aplicado, cuja cal, junto das chamas e a amônia da carcaça, havia resultado no retrato como eu o vi.

Embora assim eu tenha explicado à minha razão, se não de todo à minha consciência, devido aos fatos estarrecedores que acabei de detalhar, o acontecido não falhou em deixar uma profunda impressão na minha imaginação. Por meses eu não consegui me livrar da visagem do gato; e, durante este período, voltou ao meu espírito um meio sentimento que parecia, mas não era, remorso. Cheguei a ponto de lamentar a perda do animal, e de procurar, entre as biroscas vis que então eu frequentava por hábito, por outro ser da mesma espécie, e de aparência mais ou menos similar, que suplantasse seu lugar em minha vida.

Certa noite enquanto me sentava, meio estupefato, em uma alcova mais que infame, minha atenção foi atraída de forma repentina por um objeto negro, repousado sobre o topo de uma das imensas barricas de gim, ou de rum, que constituíam a principal decoração do recinto. Olhei diretamente para o topo desta barrica por alguns minutos, e o que então me causava surpresa era o fato de eu não ter percebido tal objeto antes. Aproximei-me dele e toquei-o com a mão. Era um gato preto, um muito grande, tão grande quanto Plutão, e que se parecia com ele em todos os aspectos salvo um. Plutão não tinha um fio de pelo branco sequer em qualquer porção de seu corpo; mas este gato tinha uma grande, embora indefinida, mancha branca cobrindo quase toda a região do peito. Ao tocá-lo, ele imediatamente se levantou, ronronou alto e se esfregou contra a minha mão, parecendo encantado com a atenção. Aquela era, então, exatamente a criatura que eu estava a procurar. Naquele instante me ofereci para comprá-lo do dono da alcova, mas este não o reivindicou. Nada sabia dele. Nunca o havia visto antes.

Continuei minhas carícias, e, quando me preparei para voltar ao lar, o animal demonstrou uma disposição de me acompanhar. Eu o permiti a assim fazer, ocasionalmente me inclinando e o afagando pelo caminho. Quando ele chegou à casa, se domesticou de imediato, e logo tornou-se um grande favorito de minha esposa.

De minha parte, logo encontrei uma aversão ao gato crescendo dentro de mim. Isso era o inverso do que eu havia esperado; mas (e não sei como ou por que assim era) sua afeição evidente por mim, na verdade, me enojava e incomodava. A passos lentos, esses sentimentos de nojo e incômodo cresceram até a amargura do ódio. Eu evitava a criatura; um certo senso de vergonha, e a lembrança de meu feito de crueldade anterior, me preveniam de abusá-la de maneira física. Por algumas semanas, eu não o agredi, ou lhe causei qualquer outro mal violento, mas gradualmente — muito gradualmente — passei a encará-lo com o ódio mais inexprimível, e a fugir em silêncio de sua presença abominável, como se o fizesse do bafo da peste.

Algo que adicionou, sem dúvidas, ao meu ódio da besta, foi a descoberta, na manhã após trazê-lo para casa que, como Plutão, ele também fora destituído de um dos olhos. Esta circunstância, porém, apenas o cativou mais à minha esposa, que, como já disse, possuía em alto grau aquela humanidade dos sentimentos que um dia fora meu traço marcante e fonte de muitos dos meus mais puros e simples prazeres.

A minha aversão a este gato, porém, pareceu apenas crescer seu apreço por mim. Ele seguia meus passos com uma tenacidade que seria difícil de fazer o leitor compreender. Onde quer que eu me sentasse, ele se agachava abaixo da cadeira ou pulava em meu colo e cobria-me com suas carícias odiosas. Se levantava para andar, ele seguia entre as minhas pernas e quase me levava ao chão, ou, fincando suas longas e afiadas garras em minhas roupas, me escalava, desta maneira, até o peito. Nessas horas, embora desejasse destruí-lo em um golpe, ainda era detido de fazê-lo, em parte pelo meu crime anterior, mas sobretudo — deixa-me confessar aqui de uma vez — pelo meu absoluto *horror* à besta.

Esse horror não era exatamente um temor da maldade física e, ainda assim, sou incapaz de ver de que outra maneira poderia o definir. Tenho quase vergonha de admitir — sim, mesmo nesta cela de condenado, tenho quase vergonha de admitir — que o terror e o horror inspirados pelo animal haviam sido exacerbados por uma das mais ínfimas anomalias possíveis de conceber. Minha esposa levou à minha atenção, mais de uma vez, o caráter da mancha de pelos brancos, da qual eu já falei, e que constituía a única diferença entre a besta estranha e aquela que destruí. O leitor irá lembrar que esta mancha, embora grande, era, a princípio, muito indefinida; mas, a passos lentos — passos quase imperceptíveis, que por um bom tempo minha razão lutou para rejeitar como imaginados — ela havia, por fim, assumido o rigor de um contorno distinto. Era então a representação de um objeto que temo nomear e, por isso, acima de tudo, eu odiava, e abominava, e me livraria do monstro *se eu tivesse ousado*; era então, reitero, a imagem hedionda (e temerosa) da FORCA! Oh, a lúgubre e terrível ferramenta do Horror e do Crime, da Agonia e da Morte!

E então eu estava miserável para além da miséria da mera humanidade. E *uma besta bruta*, cujo igual com tanto desdém eu destruíra; *uma besta bruta* armar para *mim* — para um homem, esculpido à imagem do Bom Deus! Que infortúnio insuportável! Ai de mim! Fosse dia ou noite, eu não sabia mais o que era a bênção do descanso! Durante o primeiro, a criatura não me deixava sozinho por um momento sequer, e no segundo eu acordava à cada hora de sonhos de terror inominável para encontrar o bafo quente *da coisa* no meu rosto, e o seu peso imenso — um pesadelo encarnado do qual eu não tinha poderes para me desvencilhar — acomodado eternamente sobre meu coração!

Debaixo da pressão de tormentos como esse, o frágil resquício de bondade dentro de mim finalmente sucumbiu. Pensamentos vis tornaram-se meus únicos companheiros íntimos; os mais sombrios e malignos deles. O mau humor usual de meu temperamento tornou-se ódio por todas as coisas e toda a humanidade; enquanto isso, das repentinas, frequentes e desgovernáveis explosões de fúria às quais havia então cegamente me entregado, minha esposa, pobre alma que nunca se queixava, era a mais comum e mais paciente das vítimas.

Um dia ela me acompanhou, em uma tarefa doméstica, ao porão da construção velha que, compelidos por nossa pobreza, viemos a habitar. O gato seguiu-me na descida das escadas íngremes e, quase me derrubando de cabeça, me exasperou a ponto da loucura. Erguendo um machado, e esquecendo, em minha fúria, do temor infantil que havia até então atado minhas mãos, mirei o golpe no animal, o qual, é claro, teria se provado fatal se consumado da forma que desejava. Mas este foi detido pela mão de minha esposa. Provocado pela interrupção, entrei em uma fúria ainda mais que demoníaca, desvencilhei meu braço de seus punhos e enterrei o machado em seu cérebro. Ela caiu morta no mesmo momento, sem sequer um gemido.

Esse assassinato hediondo realizado, me coloquei de uma vez, e com muita deliberação, à tarefa de ocultar o cadáver. Sabia que não podia removê-lo da casa, fosse durante o dia ou à noite, sem correr o risco de ser visto por vizinhos. Muitos planos entraram em minha mente. Por um momento pensei em desmembrar o corpo em pequenas partes e destruí-las por meio do fogo. Em outro, decidi abrir uma cova no chão do porão. Deliberei, também, sobre atirá-lo no poço do jardim; sobre colocá-lo em uma caixa, como se fosse mercadoria, com os arranjos normais, e conseguir um entregador que o levasse da casa. Por fim cheguei ao que considerei como a solução mais expediente entre todas. Determinei-me a emparedá-lo no porão, assim como se diz que os monges da Idade Média emparedavam suas vítimas.

Para propósitos como este o porão era bem adaptado. Suas paredes foram construídas sem qualquer precisão, e em tempos recentes recobertas por completo com um cimento grosseiro, o qual a umidade da atmosfera prevenia o endurecimento. Além disso, em uma das paredes havia uma saliência causada por uma falsa chaminé ou lareira que havia sido preenchida e decorada para lembrar o resto do porão. Não tive dúvidas de que poderia remover os tijolos naquele ponto, inserir o cadáver e reerguer a parede como esta se encontrava antes, de maneira que olho algum seria capaz de detectar qualquer coisa suspeita. E nesse cálculo eu não estava enganado. Com ajuda de um pé-de-cabra, facilmente removi os tijolos e, tendo depositado o corpo com cuidado contra a parede interna, ajeitei-o na posição e, com pouca dificuldade, refiz toda a estrutura da forma que ela originalmente se apresentava. Depois de adquirir argamassa, areia e fibra, com todas as possíveis precauções, preparei um cimento indistinguível do antigo, e cobri a nova parede de tijolos com cuidado. Quando terminei, me senti satisfeito por tudo estar certo. A parede não apresentava o mínimo sinal de ter sido alterada. Os refugos no chão foram removidos com o cuidado mais minucioso. Olhei ao meu redor triunfante, e disse a mim mesmo:

— Ao menos aqui meu trabalho não foi em vão.

Meu próximo passo foi procurar a besta que causara tanta desgraça; porque eu havia, finalmente e com convicção, decidido abatê-la. Se eu tivesse sido capaz de encontrá-la naquele momento, não haveria dúvidas de seu destino, mas aparentava que o animal ardiloso se alarmara com a violência de minha fúria anterior e preveniu-se de se revelar à minha presença enquanto o humor durasse. É impossível descrever, ou imaginar, o profundo e extasiante alívio que a ausência da criatura detestada ocasionava em meu peito. Ela não fez aparição durante a noite; e assim, ao menos por uma noite desde a introdução da criatura à casa, tive um sono profundo e tranquilo. Sim, *dormi* mesmo com o peso do assassinato sobre minha alma!

O segundo e o terceiro dia se passaram, e ainda meu torturador não apareceu. Respirava como um homem livre outra vez. O monstro, em seu terror, havia fugido das premissas para sempre! Nunca mais o veria! Minha felicidade era suprema! A culpa do feito sombrio pouco me perturbava. Houve algumas indagações, mas estas foram prontamente respondidas. Até uma busca foi instituída; mas, é claro, nada foi descoberto. Considerava a minha felicidade futura como segura.

No quarto dia após o assassinato, um esquadrão policial entrou de maneira inesperada em meu lar e procedeu a fazer uma nova e rigorosa investigação das premissas. Porém, como eu estava seguro da inescrutabilidade do local da ocultação, não senti qualquer embaraço. Os oficiais me fizeram acompanhá-los durante a busca. Eles não deixaram qualquer nicho ou canto inexplorado. Por fim, pela terceira ou quarta vez, eles desceram ao porão. Não tremi um músculo sequer. Meu coração batia calmo como aquele de quem adormece na inocência. Andei pelo porão de uma ponta a outra. Cruzei meus braços e perambulei, tranquilo, entre lá e cá. Os policiais estavam de todo satisfeitos e preparavam-se para partir. A alegria em meu coração era muito grande para ser contida. Ardia para dizer ao menos uma palavra, como forma de triunfo, e para tornar duplamente certeira a confiança dos oficiais em minha inculpabilidade.

— Cavalheiros — disse eu, por fim, enquanto o grupo subia os degraus —, me deleita saber que dissipei vossas suspeitas. Desejo saúde a todos, e um pouco mais de cortesia. Por sinal, cavalheiros, esta... Esta é uma casa muito bem construída. — No desejo raivoso de dizer algo tranquilo, eu mal sabia o que estava proferindo. — Posso a nomear como uma construção *excelente*. Estas paredes... Já estão a partir, cavalheiros? Estas paredes foram erguidas de maneira sólida. — E aqui, no puro frenesi da bravata, bati com firmeza, usando a bengala que trazia em mãos, contra a exata porção da alvenaria na qual atrás se escondia o cadáver da minha amada esposa.

Mas que Deus me livre e proteja das presas do Arquidemônio! Ao que a reverberação de meus golpes sumia no silêncio, fui respondido por uma voz de dentro da cripta! Um choro, a princípio abafado e entrecortado, como o choramingar de uma criança, que então cresceu rapidamente em um longo, alto e contínuo grito, completamente anômalo e inumano. Um uivo. Um berro inconsolável, meio de horror, meio de triunfo, como aqueles que poderiam apenas ter saído do inferno, um conjunto das gargantas dos condenados em agonia e dos demônios exultantes na condenação.

Sobre meus próprios pensamentos é fútil falar. Desmaiando, cambaleei à parede oposta. Por um instante o grupo nas escadas continuou imóvel, devido ao extremo do terror e o assombro. No seguinte, uma dúzia de braços fortes trabalhava para derrubar a parede. Ela caiu como uma peça só. O cadáver, já muito decomposto e coberto de sangue coagulado, mantinha-se ereto aos olhos dos espectadores. No topo de sua cabeça, com a boca vermelha aberta e o solitário olho de fogo, sentava-se a besta hedionda cujas tramitações haviam me seduzido ao assassinato, e cuja voz delatora havia me consignado à forca. Eu tinha fechado o monstro dentro da tumba!

A QUEDA DA CASA DE USHER

Son cœur est un luth suspendu;
Sitôt qu'on le touche il résonne.

—De Béranger.

Durante um escuro, desbotado e silencioso dia do outono deste ano, com as nuvens baixas nos céus de maneira opressiva, estive a perambular sozinho, a cavalo, por um trecho singularmente tristonho do interior; e, por fim, me encontrei, com o aproximar das sombras da noite, em vista da melancólica Casa de Usher. Não saberia dizer o porquê, mas, ao primeiro vislumbre da mansão, uma melancolia insuportável impregnou meu espírito. Digo insuportável, pois a sensação não era aliviada pelo senso meio prazeroso (pois poético) com o qual a mente em geral recebe até as mais severas paisagens naturais do desolado e do terrível. Observei o cenário à minha frente — a mera casa, e os simples traços do domínio; as paredes lúgubres; as janelas feito olhos vagos; alguns lamaçais fétidos; uns poucos troncos brancos de árvores apodrecidas — com tamanha depressão da alma que não posso comparar com propriedade a qualquer outra sensação carnal que não a do pós-sonho do folião que provara do ópio: o amargo lapso de volta à vida banal, o hediondo cair do véu. Havia uma frieza, um apertar, um adoecer do coração… uma tristeza irredimível do pensamento que nenhuma provocação da imaginação poderia transmutar em algo sublime. O que havia — parei para pensar —, o que havia ali que tanto me perturbava na contemplação da Casa de Usher? Era um mistério insolúvel; nem poderia eu enfrentar os devaneios sombrios que me emboscavam enquanto ponderava. Fui forçado a voltar à conclusão insatisfatória de que, enquanto sem sombra de dúvidas havia combinações de simples objetos naturais capazes de nos afetar de tal maneira, ainda assim a análise desse poder caía sobre considerações para além do nosso alcance. Era possível, refleti, que uma mera diferença no arranjo dos particulares de uma cena, dos detalhes da paisagem, seria o suficiente para modificar, ou até mesmo aniquilar, sua capacidade para a impressão pesarosa; e, com tal ideia em mente, guiei meu cavalo até a beira precipitosa da lagoa escura e sinistra que se deitava ao lustro sereno da moradia, e olhei abaixo, com um arrepio ainda mais desconcertante que antes, para a vista remodelada e invertida do lamaçal cinza, dos abomináveis troncos mortos e dos vagos olhos das janelas.Apesar disso, nesta mansão de sombras eu me propus à estadia de algumas semanas. O proprietário, Roderick Usher, foi um dos meus bons companheiros durante a infância, mas muitos anos se passaram desde nosso último encontro. Uma carta, porém, veio ao meu encontro em uma área remota do país; uma carta dele, que, em sua natureza terrivelmente inoportuna, não admitia qualquer outra senão uma resposta em pessoa. O manuscrito dava evidências de ansiedade e agitação. Seu escritor falava de uma doença física aguda, de um transtorno mental que o oprimia, e o desejo sincero de me ver, como seu melhor e, de fato, único amigo pessoal, em vistas de encontrar, pela alegria de minha companhia, algum alívio para sua maladia. Foi a maneira de que isso e muito mais foi dito, o visível *amor* que foi entregue junto de seu pedido, que não me permitiu espaço para hesitação e, assim, obedeci de imediato algo que ainda considerava como uma invocação bastante peculiar.

Embora, enquanto garotos, pudéssemos até ser considerados como companheiros íntimos, ainda eu sabia muito pouco de meu amigo. Suas reservas sempre foram excessivas e habituais. Era ciente, porém, de que sua antiquíssima família fora caracterizada desde tempos imemoriais por uma peculiar sensibilidade do temperamento, apresentando-se, pelas longas eras, em muitos trabalhos de arte exaltada, e que nos últimos tempos se manifestava em caridades generosas, mas discretas. Também eram dados à devoção passional aos detalhes, talvez até mais do que às ortodoxas e facilmente reconhecíveis belezas, da ciência musical. Havia descoberto também o fato bastante memorável de que o tronco da raça Usher, tão consagrado quanto era, não havia estendido, em qualquer período, algum ramo persistente; em outras palavras, toda a família se encontrava em uma linha direta de descendência, e sempre assim se deu, com triviais e temporárias variações. Era essa deficiência, considerei enquanto ruminava sobre a perfeita manutenção do caráter das premissas e o caráter creditado às pessoas, e enquanto especulava as possíveis influências que, ao longo dos séculos, um havia exercido sobre o outro — era esta deficiência, talvez, de efeito colateral, e o consequente não desvio da transmissão de pai para filho do patrimônio e do nome, que, com o tempo, identificara ambos de tal forma a mesclar o título original da propriedade no simples e equívoco apelido de "Casa de Usher": uma denominação que parecia incluir, na mente dos camponeses que a usavam, tanto a família quanto a mansão.

Disse que o único efeito de meu experimento um tanto infantil — o de observar o reflexo na lagoa — foi de aprofundar a primeira impressão singular. Não podem restar dúvidas de que a consciência da rápida ampliação de minha superstição — afinal, por que não a nomearia tal? — serviu apenas para acelerar a ampliação em si. Assim, reconheço de longa data, é a lei paradoxal de todos os sentimentos que têm o terror como base. E deve ter sido por essa razão apenas que, quando por fim ergui os olhos para a casa em si, vindo de sua imagem nas águas, cresceu em minha mente um estranho devaneio; um devaneio tão ridículo, de fato, que apenas o menciono para demonstrar a vividez das forças que me oprimiam. Havia tanto exercido minha imaginação a ponto de realmente acreditar que sobre toda a mansão e suas terras havia uma atmosfera peculiar a eles mesmos e sua vizinhança imediata; uma atmosfera que não tinha qualquer afinidade com os ares do paraíso, mas que exalara das árvores apodrecidas, das paredes cinzentas e da lagoa silenciosa — um vapor pestilento e místico, enfadonho, vagaroso, fracamente discernível e da cor do chumbo.

Acordando meu espírito do que *deve* ter sido um sonho, observei em mais detalhes o real aspecto da construção. Sua característica principal parecia ser a excessiva idade. A descoloração das eras em muito a impactava. Minúsculos fungos espalhavam-se por todo o exterior, pendurando-se dos beirais em finas tramas emaranhadas. Mas nada disso fazia parte de qualquer dilapidação extraordinária. Nenhuma porção da alvenaria caíra; ainda assim, parecia haver uma inconsistência improvável entre sua ainda perfeita adaptação das partes, e a condição decadente das pedras individuais. Nesse âmbito ela muito me lembrava da qualidade enganosa de velhas peças em madeira que apodreceram por longos anos em alguma cripta negligenciada, sem serem perturbadas pelo sopro do ar externo. Além dessa indicação de extensiva degradação, porém, a estrutura dava poucas sugestões de instabilidade. Talvez, sob o escrutínio de olhos sagazes, seria descoberta uma fissura praticamente imperceptível, que, estendendo-se do telhado do frontão, ziguezagueava seu caminho parede abaixo, até se perder nas águas escuras da lagoa.

Percebendo tais coisas, fiz meu caminho por uma pequena ponte até a casa. Um serviçal à espera levou meu cavalo, e eu adentrei os arcos góticos do vestíbulo. Um valete de passos furtivos então me conduziu, em silêncio, por muitas passagens escuras e enganosas no nosso progresso até o estúdio de seu mestre. Muito do que encontrei em meu caminho, não sei por quê, contribuiu para ampliar os vagos sentimentos que já mencionei. Embora os objetos à minha volta — os entalhes no teto, as tapeçarias lúgubres nas paredes, a escuridão do ébano dos pisos, e os troféus armoriais fantasmagóricos, que tremiam aos meus passos — fossem aspectos com os quais, ou similares aos quais, eu me acostumara desde a infância; embora eu não hesitasse em aceitar o quão familiar tudo aquilo era, ainda me admirava quão estranhas eram as ilusões invocadas pelas imagens ordinárias. Em uma das escadarias, conheci o médico da família. Sua expressão, pensei, era uma mistura de pouca esperteza com perplexidade. Ele me abordou com receio e seguiu em frente. O valete então escancarou a porta e me introduziu à presença de seu mestre.

O recinto em que eu me encontrava era muito grande e suntuoso. As janelas eram longas, estreitas e pontiagudas, e à tão vasta distância do assoalho de carvalho negro a ponto de serem completamente inacessíveis do lado de dentro. Débeis raios de luz rubra se esgueiravam através dos painéis treliçados, e serviam para tornar distintos o suficiente os objetos mais proeminentes dos arredores; os olhos, porém, sofriam em vão ao tentar se aproximarem dos ângulos mais remotos da câmara, ou nos recessos do teto abobadado adornado com entalhes de madeira. Cortinas escuras penduravam-se nas paredes. A mobília em geral era abundante, desconfortável, antiquada e esfarrapada. Muitos livros e instrumentos musicais estavam espalhados pelo cômodo, mas falhavam em entregar qualquer vitalidade à cena. Senti que respirava uma atmosfera fúnebre. Um ar de severa, profunda e irredimível melancolia pairava ali e impregnava tudo.

Ao meu entrar, Usher se levantou de um sofá no qual ele se encontrara prostrado e cumprimentou-me com um calor vivaz que tinha muito, pensei a princípio, de uma cordialidade exacerbada; dos esforços formais de um enfadado homem do mundo. Um relance de sua feição, porém, me convenceu de sua perfeita sinceridade. Sentamo-nos e, por alguns momentos, embora ele nada dissesse, eu o observei com um sentimento de parte pena, parte assombro. Claramente, um homem nunca antes fora tão terrivelmente alterado, em curto espaço de tempo, como fora Roderick Usher! Era com dificuldade que eu me forçava a reconhecer a identidade do ser pálido diante de mim como a de meu companheiro da infância. Ainda assim, os traços de sua face sempre foram marcantes. Uma compleição cadavérica; olhos grandes, líquidos e luminosos para além das comparações; lábios um tanto finos e pálidos, porém de uma curvatura extremamente bela; um nariz de modelo hebreu delicado, mas com uma amplitude das narinas pouco usual em formações similares; um queixo finamente lapidado, no tocante à sua necessidade de proeminência, uma ausência de energia moral; o cabelo mais como teias de maciez e finura. Esses traços, com uma expansão desmedida sobre a região das têmporas, constituíam juntos uma feição difícil de ser esquecida. E então, no mero exagero das características prevalentes desses traços e da expressão que por consequência convinham, cabia tamanha mudança que eu duvidava a quem eu me referia. A palidez fantasmagórica de sua pele, e o então miraculoso lustro dos olhos, acima de todo o resto me assombravam e maravilhavam. O cabelo sedoso, também, sofrera as consequências de crescer desatendido e, como tal, com a sua textura de teias selvagens, mais flutuava do que caía sobre a face, e eu não podia, mesmo me esforçando, conectar o Arabesco de sua expressão com qualquer noção da simples humanidade.

Nos maneirismos de meu amigo, logo me deparei com uma incoerência, uma inconsistência, e logo descobri que isso se dava por uma série de débeis e fúteis tentativas de vencer uma tenção habitual, uma excessiva agitação nervosa. Por algo dessa natureza eu já me preparara, não menos pela carta, mas por recordações de certos traços de sua juventude, e por conclusões tomadas devido às peculiaridades de sua estrutura física e temperamento. Suas ações eram alternadas entre vivazes ou taciturnas. Sua voz variava rapidamente da indecisão trêmula (quando sua essência animal parecia em completa suspensão) e uma espécie de concisão enérgica — aquela abrupta, lenta, pesada e ecoante enunciação; aquela elocução plúmbea, auto balanceada e de um gutural perfeitamente modulado, como pode ser observado no bêbado perdido, ou no viciado em ópio irrecuperável, durante os períodos de sua intensa agitação.

Foi desta forma que ele falou do objetivo de minha visita, de seu intenso desejo de me ver e do consolo que esperava que eu o proporcionasse. Mencionou, após algum tempo, o que ele acreditava ser a natureza de sua maladia. Era, ele disse, um mal hereditário da constituição, e para o qual ele se desesperava a procurar por cura; uma mera aflição nervosa, ele adicionou de imediato, que sem dúvidas logo passaria. Ela se apresentava em um conjunto de sensações desnaturais. Enquanto ele as detalhava, algumas destas me interessaram e impressionaram; embora, talvez, os termos e maneirismos gerais da narração tenham contribuído para tal. Ele sofria muito com uma acuidade mórbida dos sentidos: apenas a comida mais insípida era tolerável, podia só usar vestimentas de certas texturas, os odores de todas as flores a ele eram opressivos, seus olhos torturavam-se até com a luz mais tênue, e havia apenas alguns sons peculiares, como os de instrumentos de corda, que não o inspiravam o horror.

Encontrei meu amigo escravo de uma espécie anômala de terror.

— Perecerei — disse Usher —, *devo perecer* neste desvario intolerável. Assim, assim e de nenhuma outra forma, encontrarei a perdição. Temo os eventos do futuro, não em si mesmos, mas em seus resultados. Estremeço ao pensamento do que qualquer incidente, mesmo dos mais triviais, poderia causar nesta intolerável agitação da alma. É fato que não tenho qualquer repúdio ao perigo, exceto em seu efeito absoluto: o terror. Nesta condição nervosa, lamentável, sinto que chegará a hora, cedo ou tarde, em que abandonarei a vida e a razão por completo, em algum conflito com este fantasma macabro, o MEDO.

Descobri também, em intervalos, e por meio de sugestões entrecortadas e equívocas, outra característica única de sua condição mental. Ele estava acorrentado a certas impressões supersticiosas no tocante à residência que habitava e a qual, por muitos anos, não se aventurara a deixar, considerando uma influência cuja força espúria era convencionada em termos muito obscuros para aqui serem redigidos; uma influência sob a qual peculiaridades na mera forma e substância na mansão de sua família haviam, por meio do longo sofrimento, dominado seu espírito, ele dizia; um efeito em que a fisicalidade das paredes e torres cinza, e do lago obscuro onde tudo se refletia, havia, com o tempo, causado sobre o ânimo de sua existência.

Usher admitiu, porém com hesitação, que muito da debilidade peculiar que o afligia poderia ser traçada a partir de uma origem natural e muito mais palpável: a severa e contínua doença (na verdade, a evidência do aproximar da morte) de sua irmã adorada, sua solitária companheira por longos anos, sua última e única parente na terra.

— Sua morte — disse ele, com uma amargura que jamais esquecerei —, me deixaria (ele, o frágil e desesperançoso) como o último da longa linhagem dos Ushers.

Enquanto Roderick falava, Lady Madeline — assim se chamava sua irmã — atravessou a passos lentos uma porção remota do recinto e, sem dar atenção à minha presença, desapareceu. Contemplei-a em total espanto, o qual era ao menos um pouco misturado com temor, e ainda assim achei impossível explicar tais sentimentos. Uma sensação de estupor me oprimiu enquanto meus olhos seguiram seu andar retirante. Quando uma porta finalmente se fechou atrás dela, meu olhar procurou por instinto a feição do irmão, mas ele havia enterrado a face nas mãos e pude perceber que uma palidez muito além da ordinária havia se espalhado sobre os dedos emaciados, por entre os quais pingavam muitas lágrimas passionais.

A doença de Lady Madeline há muito evadia as habilidades de seus médicos. Uma apatia assentada, um definhar gradual e frequentes, embora transientes, afetações de um caráter em parcial cataléptico eram seu estranho diagnóstico. Até então, ela perdurara contra a pressão de sua maladia e não havia se confinado à cama, mas, ao fim do entardecer que marcara minha chegada à casa, ela sucumbiu — como seu irmão me disse à noite, com agitação indescritível — ao poder prostrador da destruição; e descobri que o relance que havia obtido de sua pessoa era então provavelmente o último que poderia obter. Lady Madeline, ao menos em vida, não mais seria vista por mim.

Por muitos dos dias subsequentes, o nome dela sequer fora mencionado por mim ou por Usher, e durante esse período me ocupei nos sinceros esforços de aliviar a melancolia de meu amigo. Pintamos e lemos juntos, e escutei, como em um sonho, os improvisos mirabolantes de seu violão choroso. E assim, com mais e mais intimidade, me eram admitidas menos reservas nos recessos de seu espírito, e com quanta amargura eu percebi a futilidade de qualquer tentativa de animar a mente da qual a escuridão, como se uma qualidade nata, transbordava e encobria todos os objetos do universo físico e moral em uma incessante radiação de sombras.

Sempre guardarei comigo a memória das muitas horas solenes que passei sozinho com o mestre da Casa de Usher. Ainda assim eu falharia em qualquer tentativa de expressar o caráter exato dos estudos ou das ocupações nos quais ele me envolveu ou encaminhou. Uma idealidade agitada e altamente destemperada jogava uma luz sulfurosa sobre tudo. Suas longas e improvisadas melodias fúnebres revibrarão para sempre em meus ouvidos. Entre outros, levo dolorosamente na lembrança uma certa perversão e amplificação dos ares rebeldes da última valsa de Von Weber[8]. Das pinturas que sua rica imaginação remoía e criava, e que se tornavam, toque a retoque, em uma vagueza que me fazia estremecer com ainda mais intensidade por não saber a razão — destas pinturas (vívidas agora são suas imagens, como se diante de meus olhos) em vão eu

8 Carl Maria von Weber (1786 - 1826), compositor e diretor de ópera. (N. T.)

tentaria detalhar mais que uma pequena porção que caberia dentro dos limites da mera palavra escrita. Pela total simplicidade, pela crueza de suas composições, ele apreendia a atenção e mais que maravilhava. Se algum mortal viera a pintar uma ideia, esse mortal foi Roderick Usher. Para mim, ao menos, e nas circunstâncias que me cercavam, manifestava-se das puras abstrações que o hipocondríaco lançava sobre a tela uma intensidade de assombro intolerável, algo que senti sequer sombras mesmo ao contemplar as reverias certamente incandescentes, mas muito concretas de Fuseli[9].

Uma das concepções fantasmagóricas de meu amigo, não se levando de maneira tão rígida ao espírito da abstração, pode ser elucidada, mesmo que debilmente, em palavras. Uma pequena tela representava o interior de uma imensa, longa e retangular cripta ou túnel, com paredes baixas, brancas e sem interrupção ou detalhes. Certos pontos acessórios da composição serviam bem em transmitir a ideia de que tal escavação se encontrava em uma grande profundidade abaixo da superfície terrestre. Nenhuma saída era observável em qualquer porção de sua vasta extensão, e tocha alguma, ou qualquer outra fonte de luz artificial era discernível; ainda assim, uma inundação de feixes a atravessava, e a tudo banhava em um esplendor assustador e inapropriado.

Acabei de comentar sobre a condição mórbida do nervo auditório que tornava toda música intolerável ao acometido, com exceção de certos efeitos dos instrumentos de corda. Era, talvez, devido a este estreito limite que o levara a se confinar ao violão, e que dava à luz, em boa parte, o caráter fantástico de suas performances. Mas a *facilidade* férvida de seus improvisos não poderia ser explicada por esses meios. Deveriam ser, e eram, as notas, bem como as palavras de suas fantasias caóticas (pois não eram infrequentes as vezes que ele acompanhava o ritmo com improvisos verbais rimados), o resultado de um intenso autocontrole

9 Johann Heinrich Füssli (1741-1825), também conhecido como Henry Fuseli, pintor do romantismo. (N. T.)

mental e concentração, os quais eu antes aludi como observáveis apenas em certos momentos de intensa agitação artificial. A letra de uma dessas rapsódias eu me lembro com facilidade. Eu fui, talvez, mais fortemente impressionado por ela, conforme ele me a apresentou, porque, nas secretas ou místicas correntezas de seu significado, imaginei perceber, pela primeira vez, a total consciência por parte de Usher dos trôpegos de sua nobre razão no caminho até o trono. Os versos, então intitulados "O palácio assombrado", corriam muito próximos, se não precisamente, desta forma:

I.

No mais verde dos nossos vales,
Por bons anjos habitados,
Certa vez, um belo, imponente palácio,
Radiante palácio, foi construído.
Nos domínios do Rei Pensamento
Se erguia!
Serafim algum em qualquer momento
Voado sobre mais bela vista havia.

II.

Estandartes amarelos, gloriosos, dourados,
Em suas torres flutuaram e ondularam.
(Isso, tudo isso, nos antiquados
tempos que há muito foram)
Todo ar gentil soprado
Naquele mais doce dia;
Sobre o muro, pálido e emplumado
Um perfume alado partia.

III.

Viajantes pelo vale feliz
Através das duas janelas iluminadas viram as
Almas dançarem vis-à-vis
Como se à lei do alaúde afinadas
Às voltas ao redor do trono, onde sentado ia
(Porfirogênito!)
No estado de glória que o cabia
Às vistas, o soberano deste âmbito.

IV.

E rubis e pérolas brilham
Sobre o belo portão do palácio
Através dele fluíam, fluíam, fluíam,
Luzes do eterno solstício,
Ecos em tropa cujo doce dever
Era apenas cantar
Com vozes de beleza a transcender
E a sabedoria e a esperteza real louvar.

V.

Mas coisas vis, em tristeza entogadas,
O solar do monarca atacaram;
(Ah, lamente, pois nunca as
Manhãs novamente o veriam!)
E às voltas pela casa, a glória
Que outrora rubra florescia
Tornou-se mal lembrada história;
Este tempo à tumba pertencia.

VI.

Viajantes pelo vale somente
Podem assistir pelas rufas janelas
Vastas formas a moverem fantasticamente
Seguindo discordante melodia;
Enquanto, feito rio assombroso,
Através do pálido portão,
Uma turba hedionda vaza ao riso
Mas, sorrir, eles nunca mais irão.

Muito bem me lembro que as sugestões provenientes desta balada nos levaram em uma linha de raciocínio onde se tornou manifesta uma opinião de Usher, que aqui menciono não por seu ineditismo (pois outros*[10] homens assim haviam pensado), mas em razão da pertinácia com a qual ele a manteve. Essa opinião, em sua forma geral, era a da senciência de todas as coisas vegetais. No entanto, em sua mente desorganizada, a ideia assumia um caráter mais ousado e, dentro de certas condições, ultrapassou os limites do reino dos desvarios. Faltam-me palavras para expressar a total extensão, ou o sincero *desenfreio*, de sua persuasão. A crença, porém, era conectada (como eu previamente aludi) às pedras cinza da casa de seus antepassados. As condições da senciência haviam sido cumpridas, ele imaginava, no método de colocação desses blocos; na ordem de seus arranjos, assim como na dos muitos *fungos* que se espalhavam sobre eles, e das árvores apodrecidas ao seu redor e, sobretudo, na longa e intocada manutenção deste arranjo, e em sua replicação nas águas imóveis do lago. A prova — a prova de senciência — era visível, disse (e aqui eu me espantei enquanto ele falava), em uma gradual mas determinada condensação de uma atmosfera própria sobre as águas e paredes. O resultado era possível de descobrir, ele acrescentou, naquela

10 Nota do Autor: Watson, Dr. Percival, Spallanzani, e especialmente o Bispo de Landaff.—Ver "Chemical Essays," vol V.

silenciosa mas importuna e terrível influência que por muitos séculos havia moldado os destinos de sua família, e que o *tornara* no que agora eu via: o que ele era. Tais opiniões não necessitam de comentários, e não os farei.

Nossos livros (livros que, por muitos anos, formaram mais que uma pequena parte da existência mental do inválido) seguiam, como se pode supor, com estrito cuidado o caráter do fantasmagórico. Debruçamo-nos juntos sobre tomos como *Ververt et Chartreuse* de Jean-Baptiste-Louis Gresset; *Belfador, o Arquidiabo*, de Maquiavel; *O Céu e o Inferno* de Emanuel Swedenborg; *Viagem Subterrânea de Nicholas Klimm* de Ludvig Holberg; *Quiromancia* de Robert Flud, Jean D'Indaginé e De la Chambre; *Jornada na Distância Azul* de Ludwig Tieck; e *A Cidade do Sol* de Campanella. Um volume favorito era uma pequena edição in-octavo do *Directorium Inquisitorium*, pelo dominicano Eimeric de Girona; e havia as passagens de Pompônio Mela a respeito dos antigos sátiros africanos e egípcios, sobre os quais Usher podia sentar-se a sonhar por horas. Seu maior deleite, porém, era encontrado na leitura de uma edição extremamente rara e curiosa de um livro gótico in-quarto, o manual de uma igreja esquecida, o *Vigiliae Mortuorum secundum Chorum Ecclesiae Maguntinae*.

Não pude deixar de pensar nos rituais exóticos deste trabalho, e de suas prováveis influências sobre o hipocondríaco quando, certo anoitecer, tendo me informado de maneira abrupta que Lady Madeline dera seu último suspiro, ele proferiu sua intensão de preservar o corpo por uma quinzena (prévia ao sepultamento final), em uma das inúmeras câmaras presentes entre as principais paredes da mansão. Porém, a razão mundana atribuída a esse processo peculiar era uma que não me senti com liberdade para disputar. O irmão havia chegado em tal resolução, assim ele me disse, após considerar o caráter peculiar da maladia da falecida, certos obstrutivos e ansiosos inquéritos da parte de seus médicos, e a localização remota e exposta do cemitério da família. Não negarei que quando trouxe da memória as feições sinistras da pessoa que encontrei nas escadas, no dia de minha chegada à mansão, não tive desejos de me opor ao que considerava como uma precaução no máximo inofensiva, e de nenhuma forma desnatural.

A pedido de Usher, pessoalmente o ajudei nos procedimentos para o sepultamento temporário. Tendo o corpo sido colocado em um caixão, nós dois sozinhos o levamos ao seu descanso. A câmara na qual o depositamos (e que passara tanto tempo selada que nossas tochas, em parte asfixiadas por sua atmosfera opressiva, nos deram poucas oportunidades para a investigação) era pequena, úmida e sem qualquer meio de admissão da luz, uma vez que se encontrava a uma grande profundidade, na porção do edifício imediatamente sob meus aposentos. Era aparente que ela havia sido usada, em remotos tempos feudais, para os piores propósitos de uma masmorra e, em tempos mais próximos, como um lugar para depositar a pólvora, ou outra substância altamente inflamável, pois parte do chão ali e todo o interior de uma longa passagem arcada que usávamos em nosso caminho até ela foram revestidos de cobre com cuidado. A porta de ferro maciço havia sido protegida de maneira similar. Seu peso imenso causava um som agudo e áspero de maneira incomum enquanto ela se movia nas dobradiças.

Tendo depositado nossa carga fúnebre sobre cavaletes nesta câmara de horror, removemos parcialmente o tampo ainda não parafusado do caixão e observamos o rosto da ocupante. Uma semelhança impressionante entre irmão e irmã foi então a primeira coisa que me chamou a atenção; e Usher, talvez adivinhando meus pensamentos, murmurou algumas palavras, com as quais explicou-me que a falecida e ele haviam sido gêmeos, e que as simpatias de natureza quase ininteligível sempre existiram entre eles. Nossos olhares, porém, não se demoraram sobre a defunta, pois não podíamos contemplá-la sem o horror. A doença que a havia sepultado no auge da juventude deixara, como todas as maladias de caráter cataléptico, uma imitação de rubor sobre seus seios e face;

também havia o perdurar do sorriso suspeito sobre os lábios que é tão horrível na morte. Recolocamos e parafusamos o tampo, e, após trancar a porta de ferro, seguimos nosso caminho, com dificuldades, aos pouco menos sombrios aposentos superiores da mansão.

Após isso, alguns dias de luto amargurado se passaram, e houve uma mudança perceptível nas características do distúrbio mental de meu amigo. Seu comportamento costumeiro havia desaparecido. Suas ocupações habituais foram negligenciadas ou esquecidas. Ele perambulava de cômodo em cômodo com um passo apressado, irregular e sem objetivo. A palidez de suas feições havia assumido, se possível, um tom ainda mais fantasmagórico; mas o brilho em seu olhar havia sido extinto por completo. A força ocasional de seu tom não mais fora ouvida, e um tremular nervoso, como que em extremo terror, tornou-se o habitual de sua fala. Havia momentos, de fato, em que acreditei que sua mente incessantemente agitada remoía algum segredo opressivo, o qual lhe faltava coragem para a divulgação. Em outros, de novo, eu era obrigado a considerar tudo como as meras vagarezas inexplicáveis da loucura, porque o observava olhando para o nada por longas horas, nos modos da mais profunda atenção, como se ouvisse algum som imaginário. Não era de se admirar que sua condição me aterrorizasse, me infectasse. Sentia espreitarem ao meu redor em lento, mas ainda certo grau as influências desvairadas das fantásticas e impressionantes superstições de meu amigo.

Foi especialmente durante o retirar aos meus aposentos, tarde da noite do sétimo ou oitavo dia após colocarmos Lady Madeline na masmorra, que vivenciei o poder total de tais sentimentos. O sono sequer se aproximou de meu colchão, enquanto as horas se esvaíram. Labutei em dar algum sentido racional ao nervosismo que me dominava. Empenhei-me a acreditar que muito, se não tudo do que sentia, era devido à influência perturbadora da decoração soturna do aposento: cortinas escuras e esfarrapadas que, torturadas em movimento pelo sopro de uma tempestade em formação, tremulavam agitadas de um lado para o outro na parede, e esfregavam-se inquietas contra os entalhes da cama. Mas foi tudo em vão. Um tremor irreprimível permeou minha estrutura de forma gradual e, por fim, sentou-se sobre meu coração o íncubo do completo alarme sem causa. Libertando-me deste com um arquejo e algum esforço, eu me ergui dos travesseiros e, observando a fundo a intensa escuridão da câmara, forcei-me a escutar (sem saber o porquê, exceto que um espírito instintivo me motivara a tal) uns certos sons baixos e indefinidos que vinham em longos intervalos, entre as pausas da tempestade, não sabia de onde. Tomado por um intenso horror, tão inexplicável quanto insuportável, meti-me em minhas roupas com pressa (pois senti que não deveria mais dormir pelo resto da noite) e trabalhei em me reerguer da condição deplorável a qual havia decaído, andando rapidamente de um lado ao outro do recinto.

Havia dado apenas algumas voltas desta maneira quando passos leves na escadaria adjunta ao quarto chamaram minha atenção. Logo os reconheci como o andar de Usher. No instante seguinte, ele bateu em minha porta com um toque gentil e entrou, trazendo uma lamparina. Suas feições estavam, como de hábito, tão pálidas quanto as de um cadáver. Por outro lado, havia um tipo de hilaridade louca em seus olhos, uma evidente *histeria* contida em toda sua conduta. Seu humor me estarrecia, mas qualquer coisa era preferível à solidão que por tanto tempo eu suportara, e até acolhi sua presença como um alívio.

— Ainda não viste? — disse ele abruptamente, depois de termos nos encarado por alguns momentos em silêncio. — Não viste, então? Mas fica aí, e por certo verás. — Assim proferindo, e tendo encoberto sua lamparina com cuidado, apressou-se até um dos batentes e escancarou a janela para a tempestade.

A fúria impetuosa das lufadas que entraram quase nos ergueu do chão. Era, de fato, uma noite tempestuosa ainda que possuída de uma beleza severa, agressivamente singular em seu terror e graça. Um furacão parecia ter juntado suas forças em nossa vizinhança, devido às frequentes e violentas alterações na direção dos ventos, e a notável densidade excessiva das nuvens (que se deitavam tão baixas a ponto de se pressionarem contra as torres da mansão) não nos preveniu de perceber a velocidade vívida com a qual elas voavam em carreiras por todos os lados e umas contra as outras, sem sumirem na distância. Digo que nem sua espessura nos prevenia a percepção, e, mesmo assim, não enxergávamos a lua ou as estrelas sequer de relance, e não havia qualquer relampear dos raios. Mas as superfícies inferiores das grandes massas de vapor agitado, assim como todos os objetos terrestres aos nossos arredores imediatos, brilhavam a uma luz desnatural da exalação gasosa fracamente fluorescente que encobria e envolvia toda a mansão.

— Seria melhor a ti se... Não deverias presenciar isto! — Disse, tremendo, para Usher, enquanto eu usava de uma violência gentil para o encaminhar da janela à cadeira. — Essas aparições que te assombram são meros fenômenos elétricos sequer incomuns; ou talvez tenham algo de sua origem fantasmagórica no miasma fétido da lagoa. Fechemos esta janela; o ar é congelante e perigoso para a tua constituição. Aqui está um de teus romances favoritos. Eu lerei, e tu escutarás; e assim deixaremos esta noite terrível juntos.

O volume antiquado qual eu havia aberto era o *Mad Trist*, ou *Irmandade de Loucos*, de Sir Launcelot Canning; mas o chamara de favorito de Usher mais como um triste gracejo do que por ser verdade. De fato, havia pouco em sua prolixidade rude e sem imaginação que poderia ter interessado os ideais nobres e espirituais de meu amigo. Era, porém, o único livro que tinha em mãos naquele momento, e alimentei uma vaga esperança de que a excitação que então agitava o hipocondríaco poderia encontrar alívio (pois a história dos distúrbios mentais é cheia de anomalias similares) mesmo na esdruxulice que eu estava prestes a recontar. Se pudesse julgar pela vivacidade desmesurada com a qual ele escutava, ou ao menos parecia escutar, às palavras do conto, poderia ter me congratulado pelo sucesso de meu esquema.

Havia chegado na conhecida parte da história onde Ethelred, o herói da Irmandade, após suas vãs tentativas de adentrar de forma pacífica na morada do eremita, decide-se por uma entrada forçada. Neste trecho, gostaria de lembrar, a narrativa corre desta forma:

> "E Ethelred, que por natureza era de coração valente, e ainda por cima sentia-se deveras poderoso graças à potência do vinho que bebera, não mais esperou a negociar com o eremita, que, mesmo na calmaria, era de um temperamento obstinado e maléfico; assim, sentindo a chuva em seus ombros, e temendo o agravar da tempestade, o herói de pronto ergueu sua maça e, com golpes, rapidamente fez espaço entre as tábuas da porta para sua mão e manopla; e então, puxando-as com firmeza, as tábuas ele rachou, estraçalhou e levou ao chão, e o som oco e seco da madeira retumbou e reverberou por toda a floresta."

Ao terminar esta sentença comecei a proferir a próxima, mas, por um momento, me aquietei. Havia me parecido, embora eu logo concluíra que a imaginação estimulada me enganara… Havia parecido que, de alguma área remota da mansão, veio, de maneira indistinta aos meus ouvidos, o que poderia ser, na similaridade de seu caráter, o eco (mesmo que sufocado e abafado) do rachar e estraçalhar descrito de maneira tão particular por Sir Launcelot. Era, sem dúvidas, a coincidência que atraíra minha atenção, porque, em meio ao chacoalhar dos caixilhos e batentes, e a confusão sonora da tempestade que ainda aumentava, esse som em si era nada que devesse me perturbar ou interessar. Continuei a história:

> "Mas o bom campeão Ethelred, ao adentrar a porta, ficou completamente enfurecido e assombrado ao não encontrar qualquer sinal do eremita maléfico; mas, no lugar de tal, um dragão de imensa proporção escamosa, com uma língua de fogo, que prestava guarda diante de um palácio de ouro sobre um assoalho de prata; e na parede encontrava-se um escudo de bronze resplandecente, com estes versos gravados:

> Se entrares aqui, aventureiro serás;
> Se matares o dragão, o escudo ganharás.
>
> E Ethelred ergueu sua maça e acertou o dragão na cabeça. A besta caiu diante de seus pés, expelindo seu bafo pestilento com um berro tão horrível e enfurecido, e tão perfurante, que Ethelred teve de fechar os ouvidos com as mãos para proteger-se contra o som terrível, como nunca antes fora ouvido."

Após esta parte fiz outra pausa abrupta, então com o sentimento de total surpresa, pois não havia qualquer dúvida de que, desta vez, eu ouvira (embora a direção da qual procedia encontrei impossível de dizer) o baixo e distante, mas enfurecido grito ou raspar prolongado e incomum; a exata contraparte do que minha imaginação havia invocado para o berro desnatural do dragão descrito pelo romancista.

Oprimido como eu fui pela ocorrência dessa segunda e mais extraordinária coincidência — e por milhares de sentimentos conflituosos entre os quais o assombro e o terror eram predominantes —, ainda mantive o controle de minha mente para evitar qualquer observação que pudesse agitar ainda mais os nervos sensíveis de meu companheiro. Não havia modos de ter certeza de que ele percebera os sons em questão, mas uma estranha alteração em seus modos, durante aquele intervalo, tornou-se claramente observável. De uma posição em frente à minha própria, ele circulou com sua cadeira de forma gradual, para se sentar fitando a porta da câmara; e assim eu podia perceber suas feições apenas em parcial, embora visse que seus lábios tremiam, como em um murmúrio inaudível. Seu queixo encostava no peito, porém eu sabia que ele não estava a dormir: o olho arregalado e rígido que eu vislumbrava de perfil o denunciava. Seus movimentos também entravam em desacordo com tal ideia, pois ele se balançava suavemente de um lado ao outro de maneira constante e uniforme. Tomando rápida nota de tudo isso, retornei à narrativa de Sir Launcelot, que assim procedia:

"E agora, o campeão, tendo escapado da terrível fúria do dragão e lembrando-se do escudo de bronze e do fim do encantamento sobre este, retirou a carcaça de seu caminho e avançou, valoroso, pelo pavimento de prata do castelo até o escudo na parede; o qual, não querendo esperar sua chegada, atirou-se aos pés do herói sobre o chão de prata, com um grande e poderoso som vibrante."

Assim que estas sílabas deixaram meus lábios, tornei-me ciente de uma reverberação distinta, oca, metálica e clangorosa, ainda que abafada, como se um escudo de bronze tivesse realmente caído sobre um chão de prata. Com os nervos a se desmancharem, levantei-me com um pulo, mas o balançar ritmado de Usher seguia inalterado. Avancei até a cadeira em que ele se sentava. Seus olhos estavam fixos à frente, e por toda sua face reinava uma rigidez pétrea. Mas, quando coloquei minha mão em seu ombro, um forte arrepio atravessou toda sua pessoa, um sorriso doentio tremeu nos lábios, e vi que ele falava em um murmúrio baixo, apressado e balbuciante, como que inconsciente de minha presença. Debruçando-me mais próximo dele, finalmente pude beber da importância hedionda de suas palavras.

— Não ouvi aquilo? Sim, eu ouvi, e *tenho* ouvido aquilo. Muitos, muitos, muitos longos minutos, muitas horas, muitos dias, eu tenho ouvido… E ainda assim eu não ousei… Oh, piedade, coitado miserável que sou! Eu não ousei… não ousei avisar! C*olocamos-na viva dentro da tumba*! Não disse que meus sentidos são aguçados? Agora eu te digo que ouvi os primeiros movimentos débeis dela no vazio do caixão. Eu os ouvi, muitos, muitos dias atrás, e ainda assim eu não ousei… *eu não ousei falar deles*! E agora… esta noite… Ethelred… ha! ha! O quebrar da porta do eremita, o lamento de morte do dragão, o clangor do escudo! Digamos, na verdade, a destruição do caixão, o raspar das dobradiças de ferro da prisão, seus movimentos laboriosos sob os arcos cobreados da câmara! Oh, para onde devo fugir? Ela não chegará aqui de uma vez? Ela não está vindo me repreender por minha pressa? Não escutei seus passos na escada? Não consigo distinguir as pesadas e horríveis batidas de seu coração? Louco! — Dizendo isso, ergueu-se em pé e gritou as sílabas como se, no esforço, estivesse desistindo de sua alma: — *Louco! Eu te digo que ela se encontra em frente à nossa porta!*

Como se na energia sobre-humana de seu enunciado se encontrasse a potência de um feitiço, a imensa porta antiga a qual ele apontava recuou, naquele instante, suas poderosas mandíbulas de ébano. Foi trabalho das lufadas que adentravam, mas, em pé, não mais velada pela madeira escura, encontrava-se de fato a figura nobre e coberta de mortalhas de Lady Madeline de Usher. Havia sangue em suas vestes brancas e evidências do esforço amargo sobre cada porção de seu corpo emaciado. Por um momento ela se manteve tremendo e cambaleando de um lado ao outro sob o umbral; e, em rompante, com um gemido baixo e crescente, caiu-se sobre a pessoa de seu irmão e, em suas violentas e então finais agonias da morte, levou-o até o chão já um cadáver, vítima dos terrores que antecipara.

Da câmara e da mansão, fugi aterrorizado. A tempestade ainda reinava em toda a sua força quando me encontrei cruzando a velha ponte. De repente, uma luz selvagem reluziu sobre o caminho, e me virei para procurar de onde tal brilho incomum poderia haver surgido, pois a vasta casa e suas sombras eram as únicas coisas às minhas costas. A radiância era de uma lua de sangue, cheia e poente, que então brilhava vivaz através da outrora quase imperceptível fissura a qual antes comentara se estender em um zigue-zague do telhado até a fundação. Enquanto observava, ela se alargou rapidamente e, com um esbravejar do furacão, o completo orbe do satélite se revelou de uma vez à minha visão... Meu cérebro mal podia compreender enquanto via as imponentes paredes ruírem abaixo. Houve uma longa e tumultuosa gritaria como a voz de milhares de águas e o profundo e desagradável lago fechou-se, sombrio e ranzinza, sobre os fragmentos da Casa de Usher.

O BARRIL DE AMONTILLADO

As milhares de injúrias de Fortunato eu suportei o melhor que pude; mas, quando ele se aventurou nos insultos, jurei vingança. Porém tu, que conheces tão bem a natureza de minha alma, não suporias que proferi tal ameaça em palavras. *Em algum momento* seria vingado, isso era definido; mas a própria certeza que tinha de que o assunto seria resolvido excluía a possibilidade de risco. Não deveria apenas punir, mas punir com impunidade. Uma ofensa não é reparada quando a represália cai sobre o reparador. É igualmente irreparada quando o vingador falha em fazer-se entender como tal por aquele que o ofendeu.

Há de ser entendido que, fosse por palavra ou feito, nunca dei causa para Fortunato duvidar de minha boa vontade. Continuei, como de costume, a sorrir em sua frente, e ele não percebeu que sorria então aos pensamentos de sua imolação.

Este Fortunato, ele tinha um ponto fraco, embora em outros aspectos fosse um homem a ser respeitado e até mesmo temido. Ele se orgulhava de ser um *connaisseur* de vinhos. Poucos italianos possuem esse talento de fato. A maior parte adotava tal entusiasmo quando apropriado ao momento e oportunidade: para praticar embustes a milionários austríacos e britânicos. No seu conhecimento sobre arte e joias, Fortunato, assim como seus conterrâneos, era uma farsa; mas, no âmbito de vinhos antigos, era genuíno. Neste aspecto eu não me diferenciava dele materialmente: era também um conhecedor das safras italianas, e as comprava à larga sempre que podia.

Foi ao pôr do sol, um anoitecer durante a loucura suprema da época do carnaval, que eu encontrei meu amigo. Ele me abordou com um ardor excessivo, pois havia bebido demais. Vestia-se com uma dúzia de peças discordantes. Estava metido em uma veste listrada apertada, e sua cabeça era coroada por um chapéu cônico e guizos. Tão contente fiquei ao vê-lo que pensei que nunca deveria ter parado de apertar-lhe a mão.

— Meu caro Fortunato — disse a ele —, nosso encontro é um fortúnio. Tua aparência está notavelmente bela hoje! Mas saibas que recebi um barril do que se passa por *amontillado*, e tenho lá minhas dúvidas.

— Como? — disse ele. — *Amontillado*? Um barril? Impossível! E ainda no meio do carnaval!

— Tenho minhas dúvidas — repeti —, e fui tolo o bastante para pagar todo o preço do *amontillado* antes de consultar-te sobre a transação. Não te encontrei por qualquer parte, e temi perder a barganha.

— *Amontillado*!

—Tenho minhas dúvidas.

— *Amontillado*!

— E devo saná-las.

— *Amontillado*!

— Como vejo que estás ocupado, sigo a caminho de Luchesi. Se qualquer um tem um paladar crítico, este seria ele. Ele me dirá se...

— Luchesi não consegue distinguir o *amontillado* de um licor.

— E ainda assim há insensatos que afirmam que ele seria páreo a ti.

— Pois então vamos.

— Para onde?

— Para sua adega.

— Não, meu amigo; não irei importunar tua boa vontade. Percebo que estás ocupado no momento. Luchesi...

— Não estou me ocupando de qualquer coisa; vamos.

— Meu amigo, não. Não é bem no que estás ocupado, mas nesta gripe severa que percebo te afligires. As câmaras da adega são insuportavelmente úmidas. Elas estão incrustadas de salitre.

— Não importa; vamos. Esta gripe não é nada. *Amontillado*! Enganaram-te. E, sobre Luchesi, ele não consegue distinguir licor de um *amontillado*.

Assim falando, Fortunato se apossou de meu braço. Colocando uma máscara de seda negra e enrolando-me em minha capa, deixei que ele me arrastasse de volta ao meu *palazzo*.

Não havia serviçais em casa; todos evadiram para festejar em honra à época. Disse-lhes que não retornaria até a manhã seguinte, e dei ordens explícitas para não deixarem a casa. Essas ordens eram o suficiente, bem sabia, para garantir o sumiço imediato de cada um deles no momento em que eu virasse as costas.

Das arandelas peguei dois castiçais e, dando um a Fortunato, cordialmente o guiei por múltiplas câmaras até a arcada que levava à adega. Desci por uma longa e tortuosa escada, pedindo a ele que fosse cuidadoso ao me seguir. Finalmente, chegamos ao pé da escadaria e nos encontramos sobre o chão úmido das catacumbas dos Montresor.

O modo de andar de meu amigo era instável, e os guizos de seu chapéu tilintavam enquanto ele me seguia.

— O barril? — perguntou ele.

— Está mais adiante — respondi —, mas observa o emaranhado de teias brancas que brilha nas paredes destas cavernas.

Ele se virou para mim e me olhou nos olhos com seus dois orbes turvos que destilavam a reuma da intoxicação.

— Salitre? — perguntou, por fim.

— Salitre — respondi —, e há quanto tempo tens tossido?

— Cof, cof, cof! Cof, cof, cof! Cof, cof, cof! Cof, cof, cof! Cof, cof, cof!

Foi impossível ao meu pobre amigo responder por vários minutos.

— Isto não é nada — disse ele, quando pôde.

— Vem — falei com decisão —, vamos voltar; tua saúde é preciosa. Tu és rico, respeitado, admirado, amado; és feliz, como certa vez já fui. Tu és um homem cuja falta se faz sentir. A mim não importa. Voltaremos, ou tua enfermidade agravará, e não gostaria de ser o culpado. Além do que, tenho Luchesi...

— Basta — respondeu Fortunato. — Esta tosse não é nada; não irá me matar. Não morrerei por uma simples tosse.

— Verdade, verdade. E, de fato, eu não tenho qualquer intenção de te alarmar sem necessidade; mas deverias usar de toda a cautela. Um trago deste *médoc* nos protegerá do frio e da umidade.

Aqui quebrei o selo de uma garrafa que retirei de uma longa fileira de suas iguais, que faziam de cama o bolor dos engradados.

— Beba — proferi, o presenteando com o vinho.

Ele o levou aos lábios com um olhar lascivo. Parou e acenou com a cabeça de modo familiar enquanto seus guizos tilintavam.

— Brindo — disse ele — em nome dos mortos que aqui descansam.

— E eu, por tua longevidade.

Ele se agarrou ao meu braço outra vez, e continuamos.

— Essas câmaras são vastas — observou Fortunato.

— Os Montresor foram uma família grande e numerosa — respondi.

— Esqueço-me de tua escuderia.

— Um grande pé dourado contra um campo azul; o pé esmaga uma serpente descontrolada cujas presas estão fincadas em seu calcanhar.

— E o mote?

— *Nemo me impune lacessit.*[11]

— Bom! — respondeu ele.

11 Latim: "Ninguém me insulta impune." (N. T.)

O vinho cintilou em seus olhos e os guizos tilintaram. Minha própria imaginação libertou-se com o *médoc*. Passamos por paredes de ossos empilhados, que eram separados apenas por barris e barricas, até os recônditos das catacumbas. Novamente eu parei, e dessa vez fiz questão de segurar Fortunato pelo braço, acima do cotovelo.

— O salitre! — eu disse. — Vê, há mais dele aqui. Ele se desenvolve feito musgo nas paredes desta cripta. Estamos abaixo do curso do rio, e gotas de condensação escorrem entre os ossos. Venha, voltemos antes que seja tarde. Tua tosse...

— Não é problema — ele respondeu. — Vamos em frente. Mas, antes, outro trago do *médoc*.

Atendi o pedido e entreguei a ele um garrafão de De Grâve, o qual Fortunato esvaziou em um gole. Seus olhos faiscaram com um brilho intenso. Ele riu e atirou a garrafa para cima em um gesto que não entendi.

Observei suas ações com surpresa. Ele repetiu aquele movimento grotesco.

— Não compreendes? — perguntou ele.

— Certamente que não — respondi.

— Então não estás na irmandade.

— Como?

— Não és um maçom.

— Ah, sim, eu sou.

— Tu? Impossível! Um maçom?[12]

— Um maçom — respondi.

— Mostre-me uma prova.

— Aqui —, desvelando das dobras de minha capa uma colher de pedreiro.

— Tu gracejas! — exclamou, afastando-se alguns passos. — Mas vamos ao *amontillado*.

— Que assim seja — respondi, guardando a ferramenta em minhas vestes e oferecendo-lhe meu braço, no qual se apoiou com todo seu peso.

---

12 A origem do termo *maçom* está na palavra em francês para pedreiro (*le maçon*), e a maçonaria era, em sua concepção, uma associação de pedreiros. (N. T.)

Continuamos nosso caminho em busca do *amontillado*. Atravessamos uma série de arcos baixos, descemos, continuamos e descemos novamente, chegando na cripta profunda, cuja atmosfera sórdida fez nossos castiçais meramente arderem em vez de iluminarem.

No confim mais remoto da cripta havia outra, menos espaçosa. Suas paredes eram revestidas de restos mortais, empilhados à ponto de arquearem sobre nós, no estilo das grandes catacumbas de Paris. Três dos quatro lados do interior dessa cripta ainda eram decorados de tal maneira. Do quarto, os ossos haviam sido arrancados e atirados indiscriminadamente sobre a terra, formando em um ponto um monte de certo tamanho. No interior da parede exposta pela sua retirada, percebemos ainda um recesso, com profundidade de um metro e vinte por um metro de largura, e quase dois de altura. Parecia não haver sido construído para um uso específico em si, mas formado meramente pelo intervalo entre dois suportes colossais que sustentavam o teto das catacumbas, e era respaldado pelas paredes de granito sólido que as circunscreviam.

Foi em vão que Fortunato, erguendo suas velas, tentou desvendar as profundezas do recesso. Na fraca luz, sua totalidade nos foi obscurecida.

— Prossegue — disse eu —, dentro se encontra o *amontillado*. Agora, o Luchesi...

— É ignorantíssimo — interrompeu meu amigo enquanto continuou a cambalear em frente, e segui em seu encalço.

Em um instante ele chegou à extremidade final do nicho e, tendo seu progresso impedido pela rocha, manteve-se ali, estupidamente perplexo. Um momento mais, e eu o acorrentei ao granito. Naquela superfície havia dois grampos de ferro, a uma distância horizontal de pouco mais de meio metro entre eles. De um desses, dependurava-se uma curta corrente e, do outro, um cadeado. Jogando os elos sobre sua cintura, prendê-lo foi um trabalho de meros segundos. Ele estava muito atônito para resistir. Retirei a chave e afastei-me do recesso.

— Passe tua mão sobre a parede — disse eu —; não podes deixar de notar o salitre. De fato, está *muito* úmida. Novamente *imploro* a ti para que retornes. Não? Então devo deixar-te. Mas, antes disso, devo conceder a ti todas as cortesias em meu poder.

— O *amontillado*! — gritou meu amigo, ainda não recobrado da surpresa.

— Sim — respondi —, o *amontillado*.

Ao que disse essas palavras, tornei minha atenção à pilha de ossos que antes mencionei. Deixando-os de lado, logo revelei uma boa quantidade de blocos de construção e argamassa. Com esses materiais e ajuda da minha colher de pedreiro comecei, vigoroso, a erguer uma parede na entrada do nicho.

Mal tinha assentado a primeira fileira da alvenaria quando descobri que os efeitos da intoxicação de Fortunato haviam, em grande parte, se dissipado. O primeiro indício que tive de tal foi um choro baixo e sofrido vindo das profundezas do recesso. *Não era* o choro de um homem bêbado. Então veio um longo e obstinado silêncio. Assentei a segunda fileira, depois a terceira e a quarta; para só então ouvir as vibrações furiosas da corrente. O barulho durou por vários minutos, durante os quais, para apreciá-los com maior satisfação, cessei meus trabalhos e me sentei sobre os ossos. Quando os tinidos diminuíram, voltei para a colher e terminei sem interrupções a quinta, a sexta e a sétima fileiras. A parede estava então quase no nível de meu peito. Novamente parei e, segurando o castiçal sobre aquele trabalho de alvenaria, lancei alguma luz sobre a figura débil enclausurada.

Uma sucessão de gritos estridentes e retumbantes explodiu da garganta do vulto acorrentado, e pareceu me impelir para trás com violência. Por um breve momento hesitei; eu tremi. Desembainhando meu florete, com ele tateei dentro do espaço do recesso, mas logo reestabeleci a calma. Coloquei minha mão sobre a estrutura sólida das catacumbas, tive-me por satisfeito. Aproximei-me outra vez da parede. Respondi aos berros daquele que clamava. Repeti-os, ecoei-os e, por fim, ultrapassei-os em volume e intensidade. Eu fiz isto até o clamante se calar.

Era então meia-noite, e a conclusão de meu dever se aproximava. Havia completado a oitava, a nona e a décima fileiras. Terminara uma porção da última e undécima fileira; restava apenas um bloco a ser encaixado e emplastrado. Tive dificuldades com seu peso e coloquei-o parcialmente em sua posição de destino. Mas então saiu do nicho uma risada baixa que eriçou cada um dos pelos de minha nuca. Foi seguida por uma voz triste, que tive dificuldades de reconhecer como a do nobre Fortunato. A voz disse:

— Ha, ha, ha! He, he, he! Uma boa piada, de fato… um excelente gracejo. Daremos muitas risadas quando voltarmos ao *palazzo*… he, he, he! Bebendo nosso vinho… he, he, he!

— O *amontillado*! — respondi.

— He, he, he! He, he, he! Sim, o *amontillado*. Mas não está ficando tarde? Não estarão nos esperando no *palazzo*, a Lady Fortunato e todos os outros? Vamos partir.

— Sim — respondi —, partiremos.

— *Pelo amor de Deus, Montresor!*

— Sim — exclamei —, pelo amor de Deus!

Mas a essas palavras esperei em vão por resposta. Fiquei impaciente. Chamei alto:

— Fortunato!

Sem resposta. Novamente:

— Fortunato!

Ainda sem resposta. Empurrei o castiçal pela fresta que sobrara e o deixei cair lá dentro. Veio como retribuição apenas o tilintar dos guizos. Senti um aperto no peito... devido à umidade das catacumbas. Apressei-me em terminar meus esforços. Forcei a última pedra em sua posição e a recobri de argamassa. Contra a nova alvenaria reergui o antigo baluarte de ossos. Por meio século nenhum mortal os perturbou. *In pace requiescat!*[13]

13 Latim: "Descanse em paz!" (N. T.)

WILLIAM WILSON

O que diria disso? O que diria a CONSCIÊNCIA terrível,
Este espectro em meu caminho?

Pharronida, Chamberlain

Deixai-me me chamar, ao presente relato, de William Wilson. A bela página que se encontra perante a mim não necessita de ser maculada pela minha real alcunha. Tal nome já sofreu muito sendo o motivo do escárnio, do horror e do desprezo de minha raça. Os ventos da indignação já não espalharam sua infâmia inigualável às mais remotas regiões do globo? Oh, pária entre os párias, o mais abandonado! À Terra não estás para sempre morto? Para suas honras, suas flores e as aspirações douradas? E uma nuvem, densa, lúgubre e infinita, não está sempre a se transpor entre tuas esperanças e o paraíso?

Não desejo fazer, aqui e agora, um registro de todos os meus anos recentes na miséria indescritível e no crime imperdoável. Esta Essa época, esses anos, trouxeram consigo uma repentina elevação da depravação, cuja origem é o meu atual propósito relatar. Homens geralmente tornam-se vis de maneira gradual. Para mim, em um instante, todas as virtudes deixaram meu corpo como no cair de um manto. Da malícia relativamente trivial eu fui, como no passo de um gigante, às piores das maldades de Heliogábalo[14]. Tem paciência comigo enquanto relato o infortúnio, o qual evento específico causou essa mudança maligna. A Morte se aproxima; e a sombra que a antecede abrandou meu espírito com sua influência. Eu anseio que durante o meu passar pelo sombrio vale, tenha a simpatia (e quase digo o dó) de meus iguais. Aceitaria de bom grado se eles me considerassem, de certo modo, o escravo de circunstâncias para além do controle humano. Desejo que procurem, nos detalhes que estou prestes a descrever, algum pequeno oásis de *fatalidade* entre as dunas dos erros. Queria que concordassem (e talvez se descubram incapazes de não o fazer) que, embora grandes tentações tenham existido antes, homem nenhum fora tentado *daquela* forma; e de certo jamais sucumbira a *tais* desejos. E seria por isso que ele nunca assim sofreu? Não tenho, de fato, vivido em um sonho? E não estou a morrer, vítima do horror e mistério das mais estranhas de todas as visões sublunares?

Sou descendente de uma raça cujo temperamento imaginativo e mercurial sempre a tornou notável; e desde os primórdios da infância dei evidências de ter herdado por completo o caráter da família. Tais qualidades se apuraram enquanto eu crescia e se tornaram, por muitas razões, causa para sérias inquietações de meus amigos, e de um número considerável de prejuízos a mim. Tornei-me obstinado, viciado a caprichos peculiares, e presa das paixões mais desgovernadas. Meus pais tinham a mente fraca, além de uma série de enfermidades da constituição simi-

14 Marco Aurélio Antonino Heliogábalo (c.203 – 222) – Imperador romano conhecido pelos comportamentos tabus. (N. T.)

lares às minhas próprias, e pouco podiam fazer para deter as propensões vis que me distinguiam. Alguns débeis e mal direcionados esforços resultaram em completa falha de sua parte e, claro, total triunfo da minha. A partir de então, minha palavra era a lei da casa; e, em uma idade em que poucas crianças haviam deixado as andadeiras, fui abandonado à guia do meu próprio livre-arbítrio, e me tornei, para todos os efeitos, mestre de minhas ações.

Minhas mais tenras memórias da vida escolar são conectadas a uma enorme e labiríntica mansão elizabetana, em um vilarejo enevoado da Inglaterra. Lá havia um número vasto de gigantescas árvores retorcidas, e todas as casas eram excessivamente velhas. Na verdade, aquela antiga vila parecia saída de sonhos e acalmava o espírito. Neste momento, revivo em memória o frescor revigorante das ruas sombreadas, inalo a fragrância de seus mil canteiros e me emociono novamente com um deleite indefinível à nota oca do sino da igreja, que a cada hora soava em um repentino clangor rancoroso sobre a quietude da atmosfera sombria na qual o campanário gótico jazia adormecido.

Agora, refletir sobre as minutas lembranças da escola e tudo que lhe dizia a respeito talvez seja o que me traga tanto prazer quanto sou capaz de desfrutar. Afundado na miséria como estou — miséria lamentável e muitíssimo real! —, deves me perdoar por procurar algum alívio, mesmo do mais breve, na fraqueza de detalhar tangências. Por mais triviais, até mesmo ridículos, que tais detalhes sejam, eles assumem em minha imaginação uma importância adventícia, por serem conectados a um local e período no qual e quando reconheço os primeiros sinais do destino que viria a me ofuscar por completo. Pois então deixa-me lembrar.

A casa, como eu disse, era velha e irregular. A propriedade era vasta, e uma alta e sólida parede de tijolos, encimada por uma camada de argamassa e cacos de vidro, a abrangia por inteiro. Esse baluarte aos modos de prisão formava os limites de nosso domínio, do qual víamos além apenas três vezes na semana: uma durante as tardes de sábado quando, acompanhados de dois empregados, permitiam-nos fazer pequenas caminhadas em grupo pelos campos vizinhos; e duas nos domingos, quando nos desfilavam da mesma maneira solene aos sermões da manhã e do anoitecer da única igreja do vilarejo. Dessa igreja, o diretor de nosso colégio era pastor. Como era profundo o espírito de perplexidade e admiração com o qual eu o observava de nosso banco remoto na galeria quando, em passos lentos e solenes, ele ascendia ao púlpito! Aquele homem santo, de expressão tão calma e benigna, de bata tão lustrosa e de ruflar clérigo, com uma peruca tão minuciosamente empoada, rígida e vasta; seria aquele o mesmo homem que, pouco tempo antes, de cara amarrada e vestes manchadas de rapé, administrava a academia brandindo a palmatória como férula, impondo suas leis draconianas? Oh, gigantesco paradoxo, monstruoso demais para uma solução!

Em um ângulo do portentoso muro se acarrancava um ainda mais portentoso portão. Ele era rebitado e cravejado de pregões de ferro, e coroado de setas pontiagudas. Que impressão de assombro profundo inspirava! Nunca era aberto salvo nas três egressões e regressões que já mencionadas; nessas ocasiões, em todos os rangeres de suas poderosas dobradiças, encontrávamos a plenitude do mistério; um mundo de observações solenes ou meditações ainda mais sérias.

O extenso cercado apresentava forma irregular, e muitos amplos recessos. Destes, três ou quatro dos maiores constituíam o pátio de recreio, o qual era nivelado e coberto de cascalhos finos. Lembro bem que não havia árvores, bancos ou qualquer coisa similar em seu perímetro. Claro que se localizava aos fundos da mansão. Nos jardins da frente, encontrava-se um pequeno canteiro com buxos e outros arbustos, mas por esta divisão sagrada passávamos apenas nas mais raras ocasiões, como no dia de chegada à escola e então o da partida definitiva ou, talvez, quando um pai ou amigo nos mandava chamar e alegremente seguíamos nosso caminho ao lar para as férias do Natal ou do verão.

Mas a casa! Quão peculiar era aquela construção ancestral! Para mim, um verdadeiro palácio de encantos! Não havia fim para suas tortuosidades, para suas incompreensíveis subdivisões. Era difícil dizer com certeza, a qualquer momento, em qual de seus dois andares estávamos. De um quarto ao outro era certo de se encontrar três ou quatro degraus a subir ou descer. E as alas laterais eram inumeráveis, inconcebíveis; elas circulavam de volta a si mesmas, ao ponto que nossos conceitos exatos da mansão não se diferenciavam em muito daqueles que usamos para contemplar o infinito. Durante os cinco anos de minha residência lá, nunca consegui apurar com precisão em que localidade remota se encontrava o pequeno dormitório destinado a mim e de dezoito a vinte outros estudantes.

A sala de aula era o maior cômodo da casa e, eu não podia deixar de pensar, do mundo. Era muito longa, estreita e com o teto miseravelmente baixo, possuída de janelas góticas pontudas e forro de carvalho. Em um ângulo remoto que inspirava o terror, encontrava-se um enclaustro quadrado de dois metros e meio a três de largura, que abrangia o *sanctum* "do período letivo" de nosso diretor, o Reverendo Dr. Bransby. Era uma estrutura sólida, de porta maciça, e era preferível a morte por *peine forte et dure*[15] a abri-la na ausência do "Dominie". Em outros cantos havia dois gabinetes similares, muito menos reverenciados, de fato, mas ainda assim grandes motivos de admiração. Um era o púlpito do professor de "letras clássicas", o outro para o de "inglês e matemática". Intercaladas pela sala, cruzando e recruzando sua irregularidade sem fim, se encontravam inúmeras cadeiras e carteiras escolares, negras, antigas e desgastadas pelo tempo, encimadas por incontáveis livros muito folhados, e tão gravadas de letras iniciais, nomes inteiros, figuras grotescas e outros múltiplos esforços dos canivetes, a ponto de perder por completo o pouco da forma original que as fora designada em alguma época há muito

15 Latim: "punição dura e severa": método de tortura no qual pesos eram colocados sobre o peito da vítima. (N. T.)

passada. Um enorme balde de água se encontrava em uma extremidade do recinto, e um relógio de proporções estupendas no outro.

Envolto pelas paredes maciças desta venerável academia, passei, todavia, sem tédio ou desgosto pelos anos do terceiro lustro de minha vida. O cérebro fervilhante da infância não requere um mundo externo de incidentes para ocupá-lo ou entretê-lo; e a aparente monotonia miserável da escola era mais repleta de emoções intensas do que minha juventude mais madura conseguiu derivar do luxo, ou minha vida adulta do crime. Ainda assim, acredito que meus desenvolvimentos mentais iniciais tiveram muito do incomum, até mesmo muito do *outré*. À maior parte da humanidade, os eventos da tenra existência raramente deixam qualquer impressão definitiva sobre a idade madura. Tudo é sombra cinzenta — fracas e irregulares lembranças, um ajuntado indistinto de débeis prazeres e dores fantasmagóricas. Comigo não. Na infância devo ter sentido com a energia de um homem o que agora encontro gravado na memória em linhas tão vívidas, profundas e duráveis quanto os exergos das medalhas cartaginesas.

Ainda assim, do ponto de vista mundano, quão pouco havia para lembrar! O acordar nas manhãs, as ordens à cama às noites; as traquinagens, as recitações; as meias-férias periódicas e nossas perambulações; o pátio, com suas disputas, passatempos e intrigas — estes, por meio de alguma feitiçaria mental há muito esquecida, foram envoltos em uma sorte de sensações, um mundo de ricos incidentes, um universo de emoções variadas, de excitações mais passionais capazes de envigorar o espírito. "*Oh, le bon temps, que ce siècle de fer!*"[16]

Na verdade, o ardor, entusiasmo e prepotência de minha disposição logo me tornaram um personagem marcante entre meus colegas, e, por gradações lentas e naturais, me fizeram ascender sobre todos aqueles não muito mais velhos que eu mesmo — sobre todos, a não ser por uma única exceção. Esta era encontrada na pessoa de um aluno que, embora

16 Voltaire: "Oh, os bons tempos daquele século de ferro!" (N. T.)

não tivéssemos qualquer grau de parentesco, levava o mesmo nome e sobrenome que eu. Uma circunstância, de fato, pouco notável, pois embora eu fosse de nobre ascendência, minha alcunha era uma dessas que parecem, por direito prescritivo, propriedade comum do povo desde tempos imemoriais. Nesta narrativa tenho até o momento me designado William Wilson: um título fictício não muito dissimilar do real. Meu homônimo era o único dos que, segundo a organização da escola, compunham nossa classe, que competia comigo nos estudos, e nos esportes e disputas no pátio; que verbalmente recusava a crença em minhas assertivas, e não se submetia à minha vontade. De fato, interferia em meus ditames arbitrários em qualquer respeito que pudesse. Se há no mundo um despotismo supremo e desqualificado, este é o de um jovem gênio sobre os espíritos menos enérgicos de seus companheiros.

A rebelião de Wilson era a mim uma fonte de vergonha, pois, apesar da bravura e desprezo com que eu tratava a ele e às suas pretensões em público, no particular sentia que o temia, e não podia deixar de considerar que a igualdade que ele mantinha comigo com tanta facilidade como prova de sua superioridade, uma vez que era de minha parte um esforço perpétuo para não ser ultrapassado. Ainda assim, essa superioridade — mesmo essa igualdade — não era verdadeiramente reconhecida por qualquer outro além de mim; nossos associados, devido alguma cegueira indescritível, não pareciam sequer suspeitar. Deveras, sua competição, resistência e em especial sua impertinência e interferência obstinada com meus propósitos mantinham-se no âmbito privado. Ele aparentava ser destituído tanto da ambição que me motivava, quanto da passional capacidade mental que me proporcionava a excelência. Em sua rivalidade poderia ter suposto que apenas atuava por um caprichoso desejo de me frustrar, surpreender e mortificar; embora houvesse momentos que não podia deixar de observar, com uma mistura de admiração, humilhação e ressentimento, que ele intercalava suas injúrias e contradições com uma inapropriada e definitivamente indesejada *afeição* em seus modos. Eu apenas conseguia conceber tal comportamento peculiar sob a lente de uma arrogância consumada que assumia o tom vulgar do patronato e de proteção.

Talvez esta última característica da conduta de Wilson, conjunta com a identidade de nosso nome, e da mera coincidência de termos entrado para a escola no mesmo dia, que promoveu uma noção de que éramos irmãos para os sêniores da academia. Eles raramente faziam inquéritos muitos estritos sobre os afazeres dos juniores. Como já disse antes, ou deveria ter dito, aquele Wilson não era, sequer no grau mais remoto, conectado à minha família. Mas, se *tivéssemos* sido irmãos, teríamos sido gêmeos; pois, após deixar o internato de Dr. Bransby, descobri por acaso que meu homônimo viera ao mundo no dia dezenove de janeiro de 1813: uma coincidência notável, já que este é precisamente o dia de meu próprio nascimento.

Pode parecer estranho que, apesar da ansiedade contínua ocasionada pela minha rivalidade com Wilson e de seu intolerável espírito de contradição, eu não conseguia me propor a odiá-lo por completo. Era certo de que tínhamos uma briga quase todos os dias na qual, ao me render publicamente o título da vitória, ele concebia alguma maneira de me fazer sentir que era ele quem a merecia; ainda assim, um senso de orgulho da minha parte, e uma verdadeira dignidade da dele, mantiveram-nos sempre "nos falando", como se diz, e havia muitos pontos de simpatia entre nossos temperamentos, operando para fazer acordar em mim um sentimento que apenas nossa oposição, talvez, prevenisse de maturar uma amizade. De fato, é difícil definir, ou até mesmo descrever, meus reais sentimentos sobre ele. Eles formavam uma mistura discordante e heterogênea; uma animosidade petulante, que ainda não era ódio; alguma estima, mais respeito, muito medo, e um quê de curiosidade incômoda. Aos moralistas é necessário dizer que, além disso, aquele Wilson e eu éramos os mais inseparáveis companheiros.

Não restam dúvidas de que a condição anômala que existia entre nós tornou todos os meus ataques a ele (e foram muitos, tanto os públicos quanto velados) em um canal para gracejos e trotes (que feriam sob o aspecto da mera diversão) em vez de qualquer forma mais determinada e séria de hostilidade. Mas nem todas as minhas empreitadas nesse âmbito formaram um sucesso uniforme, mesmo em meus planos confeccionados com a maior perspicácia; pois meu homônimo tinha muito em seu caráter aquela austeridade quieta e despretensiosa que, enquanto se divertia com a pungência das próprias piadas, não tinha um calcanhar de Aquiles em si, e se recusava por completo a ser objeto de risos. Pude encontrar, de fato, apenas um ponto vulnerável, o qual, sendo uma espécie de peculiaridade pessoal, surgida talvez de algum mal de sua constituição, teria sido poupada por qualquer antagonista que não estivesse tão ao fim de seu repertório quanto eu: meu rival tinha alguma fraqueza no aparelho vocal que o impedia de erguer sua voz acima de *um muito baixo sussurro*. Desse defeito, não falhei em tirar qualquer pobre vantagem que estava ao meu alcance.

Wilson retaliou na mesma moeda diversas vezes; e havia uma faceta de seu intelecto prático que me perturbava para além de qualquer medida. Como sua sagacidade a princípio descobriu que algo tão insignificante me irritaria é uma questão que jamais fui capaz de elucidar; mas, tendo descoberto, ele frequentemente praticava o incômodo. Sempre senti aversão ao meu sobrenome vulgar e ao muito comum, senão plebeu primeiro nome. Eles soavam como veneno aos meus ouvidos; e quando, no dia de minha chegada, um segundo William Wilson também adentrou a academia, senti raiva dele por levar tal nome, e duplo desgostoso com este, agora que um estranho o tinha, o que seria causa para sua repetição. O homônimo estaria constantemente em minha presença, e suas ações na rotina diária dos afazeres da escola seriam, devido à detestável coincidência, confundidas com as minhas próprias de forma inevitável.

O sentimento de aborrecimento assim engendrado tornou-se mais forte a cada circunstância que tendia a demonstrar semelhança, física ou moral, entre meu rival e eu. Naquela época eu ainda não descobrira o fato notável de que tínhamos a mesma idade; mas via que tínhamos a mesma altura, e percebia que éramos singularmente parecidos no contorno geral de nossa pessoa e nos detalhes das feições. Atormentava-me, também, um rumor de nosso parentesco que se espalhava pelas classes superiores. Resumindo, nada poderia me perturbar mais (embora ocultasse tais incômodos com o maior dos escrúpulos) do que qualquer alusão a uma similaridade da mente, pessoa ou condição existente entre nós. Mas, na verdade, eu não tinha qualquer razão para acreditar (com exceção das especulações sobre parentesco, ou no caso do próprio Wilson) que essas semelhanças foram alvo de comentários, ou sequer observadas pelos nossos colegas de escola. Que *ele* a observava com todo seu foco, e tão fixo quanto eu, era óbvio; mas que ele fora capaz de descobrir em tal circunstância um campo de aborrecimentos tão fértil posso apenas atribuir, como já dito, à sua perspicácia mais que ordinária.

Sua troça, que consistia em uma perfeita imitação de mim mesmo, estava tanto nas palavras quanto nas ações; e ele cumpria o papel admiravelmente. Minha forma de vestir era fácil de copiar; meu andar e maneirismos gerais foram apropriados sem dificuldade; e, mesmo com sua deficiência física, sequer a minha voz lhe escapou. Não houve tentativas em imitar meus tons mais altos, claro, mas o timbre, ele era idêntico; *e seus sussurros peculiares tornaram-se cada vez mais ecos de meus próprios.*

O quanto esse retrato requintado me assediou (pois não podia ser apenas chamado de caricatura), não me aventurarei a descrever. Mas eu tinha apenas um consolo: no fato de que a imitação, aparentemente, era apenas percebida por mim mesmo, e eu só precisava aguentar os sabidos e estranhamente sarcásticos sorrisos de meu homônimo. Satisfeito em ter incitado em meu coração o efeito pretendido, ele parecia dar risos em segredo sobre a ferroada que infligira, e era característica sua não se importar com o aplauso público que o sucesso no empenho de sua esperteza tão facilmente suscitaria. Que a escola, de fato, não percebesse suas artimanhas, presenciasse seus feitos e participado na zombaria foi, por muitos meses ansiosos, uma charada que não consegui resolver. Talvez os lentos graus em que sua cópia se realizou a tornou não tão fácil de ser percebida; ou, mais possivelmente, devia minha segurança ao ar maestral do copista, quem, desdenhando da interpretação literal (o que em uma pintura é tudo que os obtusos conseguem ver), colocou todo o espírito em sua arte para a minha contemplação e pesar individuais.

Já mencionei anteriormente o asqueroso ar de patronato que ele assumia comigo, e de suas frequentes interferências intrometidas na minha vontade. Estas muitas vezes tomavam as características indelicadas dos conselhos; conselho não dado abertamente, mas como dicas e insinuações. Recebia-os com uma repugnância que cresceu comigo ao longo dos anos. Ainda assim, neste dia distante, deixa-me fazer a justiça a ele e reconhecer que não lembro alguma vez em que as sugestões de meu rival levaram aos erros e tolices tão comuns à sua idade imatura e aparente inexperiência; seu senso moral, ao menos, se não seus talentos em geral e conhecimento de mundo, era muito mais apurado que meu próprio; e poderia ser que hoje eu seria um homem melhor, e assim mais feliz, caso houvesse rejeitado menos os conselhos incorporados naqueles sussurros intencionados que então eu tão cordialmente odiara e tão amargamente desprezara.

Da forma que era, acabei tornando-me inquieto de maneira extrema sob sua supervisão detestável, e a cada dia ressenti mais e mais às claras o que considerava como uma arrogância intolerável. Disse antes que, nos primeiros anos de nossa conexão enquanto colegas, meus sentimentos em relação a ele poderiam ter amadurecido em uma amizade com facilidade; mas, nos últimos meses de minha residência acadêmica, embora as intrusões de seus maneirismos ordinários houvesse, sem dúvida e de certo modo, diminuído, meus sentimentos partilharam do ódio, e em similar proporção. Em certa ocasião ele percebeu isso, eu acredito, e após tal me evitou, ou fez do ato da evitação um espetáculo.

Foi durante esse período, se me lembro bem, que em uma altercação violenta com ele — na qual ele baixara suas defesas mais do que o de usual e falou e agiu com uma atitude expansiva estranha à sua natureza — que descobri, ou achei descobrir, em seu sotaque, ares e aparência em geral algo que a princípio me tomou de surpresa, e então profundamente me interessou, por trazer à mente turvas visões da minha primeira infância: tumultuosas, confusas e abarrotadas memórias de um tempo em que a memória em si ainda não havia nascido. Não posso descrever melhor a sensação que me oprimiu do que dizendo que apenas com dificuldade conseguia me livrar do pensamento de que conhecera o ser em minha frente em alguma época muito anterior; algum ponto do passado infinitamente remoto. O delírio, porém, desapareceu tão rápido quanto surgiu; apenas o menciono para definir o dia da última conversa que lá tive com meu peculiar homônimo.

A imensa e antiga casa, com suas incontáveis subdivisões, era provida de várias grandes câmaras que se comunicavam umas com as outras, onde dormia um grande contingente de estudantes. Havia também, porém (algo inevitável em uma construção tão estranhamente planejada), muitos pequenos nichos e recessos, as eiras e beiras da estrutura; e a engenhosidade econômica de Dr. Bransby também os transformara em dormitórios, embora, sendo meros cubículos, eram capazes de acomodar apenas um indivíduo. Um desses pequenos cômodos era ocupado por Wilson.

Certa noite, ao fim do meu quinto ano na escola, e logo após a altercação que acabei de mencionar, encontrando todos envolvidos no sono, levantei-me de minha cama e, com lamparina em mãos, caminhei furtivo pelo labirinto de passagens estreitas que levava de meu próprio quarto até o de meu rival. Fazia tempos que andara planejando pregar-lhe um desses trotes malcriados, nos quais até então eu fora completamente malsucedido. Era de minha intenção, então, colocar meu esquema em operação, e resolvi fazê-lo sentir toda a extensão da malícia com a qual eu estava imbuído. Chegando em seu cubículo, entrei sem fazer barulho e deixei a lamparina encoberta do lado de fora. Avancei um passo, ouvindo o som de seus suspiros tranquilos. Certo de que ele dormia, voltei, peguei a lamparina e novamente me aproximei da cama. As cortinas ao redor dela estavam fechadas e, no processo de meu plano, lento e quieto as abri, quando os raios brilhantes caíram sobre o adormecido e, ao mesmo tempo, meus olhos desceram sobre suas feições. Eu o olhei e uma dormência, uma frieza dos sentidos permeou de uma vez por toda minha estrutura. Meu peito arfou, os joelhos cambalearam, todo meu espírito foi possuído de um horror sem motivo e ainda assim intolerável. Ofegando por ar, baixei a lamparina ainda mais próxima da sua face. Eram estes; eram estes os traços de William Wilson? Eu vi que, de fato, eram as feições dele, mas tremi como nos calafrios da febre imaginando que não eram. O que *havia* ali para me confundir de tal maneira? Observei, enquanto meu cérebro vacilava por uma multitude de pensamentos incoerentes. Não era assim que ele aparentava — definitivamente *não* — na vivacidade de suas horas acordado. O mesmo nome! A mesma silhueta! O mesmo dia de chegada à academia! E então sua imitação obstinada e sem sentido do meu andar, minha voz, meus hábitos, meus maneirismos! Seria então verdade, dentro dos limites da capacidade humana, que o *que via então* era o mero resultado da prática habitual dessa imitação sarcástica? Impressionado e com um tremor crescente, extingui a lamparina, atravessei a câmara em silêncio e deixei, de uma vez, os corredores daquela antiga academia para nunca mais a adentrar.

Após o lapso de alguns meses, passados em casa no mero ócio, tornei-me um estudante em Eton. O breve intervalo foi o suficiente para enfraquecer minha lembrança dos eventos no colégio de Dr. Bransby, ou ao menos efetuar uma mudança física na natureza dos sentimentos com os quais eu os lembrava. A verdade — a tragédia — do drama havia partido. Podia então achar espaço para duvidar de meus sentidos; e pouco trazia o assunto à memória para qualquer coisa além da admiração à extensão da credulidade humana, e com um sorriso para a força vívida da imaginação que adquirira de forma hereditária. E tal sorte de ceticismo não foi diminuída pelo caráter da vida que levei em Eton. O vórtex de insensatezes impensadas ao qual eu imediata e tão imprudentemente me entreguei, levou de mim tudo a não ser a bruma de minhas últimas horas, engolfou de uma vez toda impressão sólida e séria, e deixou para a memória apenas as mais puras levidades de minha existência anterior.

Não desejo, porém, traçar aqui o curso de meu desregramento miserável; um tal que compelia ao desacato das leis, mas que escapava da vigilância da instituição. Três anos de insensatez passados sem qualquer proveito, e tudo que me deram foi um enraizar nos hábitos do vício, e adicionar, em um grau um tanto incomum, à minha estatura física. Certa vez, após uma semana de devassidão desalmada, convidei à minha câmara um grupo dos estudantes mais vadios para uma bebedeira secreta. Encontramo-nos nas altas horas da noite, pois nossas libertinagens rigorosamente se estendiam até o amanhecer. O vinho fluía livre e não faltavam outras e talvez mais perigosas seduções; e assim a alvorada cinzenta começara a aparecer sutil no leste, enquanto nossas extravagâncias delirantes chegavam ao seu auge. Embriagado tanto pelo álcool quanto pelo carteado, eu estava no ato de insistir em um brinde contendo mais que a costumeira profanidade, quando minha atenção foi atraída de maneira repentina pelo violento, embora parcial irromper da porta do aposento, e pela voz ansiosa do serviçal que veio do lado de fora. Ele disse que alguma pessoa, aparentemente com muita pressa, exigia falar comigo no átrio.

Ainda me encontrando muito energizado pelo vinho, a interrupção inesperada me deleitou em vez de surpreender. Cambaleei em frente de uma vez, e uns poucos passos me levaram ao vestíbulo do edifício. Nesse cômodo pequeno e de teto baixo não havia qualquer lâmpada; e, àquela hora, não era admitida qualquer entrada de luz, salvo pelos muito débeis raios da alvorada que passavam pela janela em forma de semicírculo. Assim que pus um pé no patamar, tornei-me ciente da silhueta de um jovem de altura próxima à minha, usando um roupão matinal de casimira branca, cujo corte seguia a nova linha da moda, exatamente como o que eu vestia naquele momento. Ao que cheguei ele se apressou em minha direção e, me segurando pelo braço em um gesto de impaciência petulante, sussurrou as palavras "William Wilson!" em meu ouvido.

Tornei-me completamente sóbrio em um instante.

Havia um maneirismo no estranho, e no tremor nervoso de seu dedo erguido, o qual ele mantinha entre meus olhos e a luz, que me encheram de um espanto inqualificável; mas não era isso que tanto me perturbara. Foi o impregnar de solene advertência na única, baixa e sibilante declaração; e, acima de tudo, era o caráter, o tom, *o timbre* dessas poucas, simples e familiares ainda que *sussurradas* sílabas, vindas com uma enxurrada de memórias de épocas passadas, atingindo minha alma com o choque de uma bateria galvânica. Antes que pudesse recobrar o uso de meus sentidos, ele se fora.

Embora tal evento não tenha falhado em causar um efeito vívido sobre minha imaginação desordenada, ele foi tão efêmero quanto vivo. Por semanas, de fato, ocupei-me em profundo inquérito, ou estive envolto por uma nuvem de especulação mórbida. Não fingi esconder de minha percepção a identidade do peculiar indivíduo que até então interferira com meus assuntos com tanta perseverança e me assediara com suas insinuações de conselho. Mas quem ou o que era esse Wilson? De onde viera? E quais eram seus propósitos? Sobre nenhum desses pontos pude me dar como satisfeito; meramente averiguei a respeito dele que um acidente repentino em sua família havia causado sua remoção da academia do Dr. Bransby na tarde do dia de minha fuga. Mas logo eu cessei meus pensamentos sobre o assunto; toda minha atenção estava absorta na minha esperada partida para Oxford. Para lá eu fui pouco depois; a vaidade incalculável de meus pais me fornecendo o uniforme e uma pensão anual que me habilitaria desfrutar abertamente da opulência que se estabelecera tão próxima de meu coração; para competir em profusão de despesas com os mais orgulhosos herdeiros dos mais ricos condados da Grã-Bretanha.

Alvoroçado por tais aplicações do vício, meu temperamento constitucional despertou com ardor redobrado, e rejeitei até mesmo as restrições comuns da decência na paixão louca de meus festejos. Mas é absurdo parar nos detalhes de minha extravagância. Considera o suficiente que, entre os esbanjadores, eu fui mais Herodes[17] que o próprio e, dando nome a uma multitude de novos desatinos, adicionei um apêndice volumoso aos catálogos de vícios então comuns na mais desvairada universidade da Europa.

Seria difícil de acreditar, porém, que mesmo então eu houvesse caído tanto de minha posição de nobreza a ponto de procurar me familiarizar com as vis artes dos jogos de azar enquanto profissão e, tornando-me adepto dessa ciência desprezível, a praticar como meio habitual de aumentar minha já enorme renda às custas das mentes mais fracas dentre meus caros colegas. Isso, no entanto, foi o que ocorreu. E foi bem a enormidade dessa ofensa contra todo sentimento honroso e viril que provou, sem dúvidas, a principal, senão a única razão para a impunidade com que eram cometidos. Quem, de fato, entre meus associados mais desvairados, não preferiria ter contestado a clara evidência de seus sentidos a suspeitar de tais rumos quando tocantes ao alegre, franco e generoso William Wilson, o mais nobre e mais liberal dos plebeus de Oxford, ele cujos desvarios (diziam seus parasitas) eram apenas os desvarios da juventude e da imaginação desenfreada, cujos erros eram caprichos inimitáveis, cujo vício mais sombrio era uma descuidada e charmosa extravagância?

17 Herodes (73– 4 a. C.), Herodes Antipas (20 a.C – 39) – Pai e filho, reis do território da Judéia. O pai foi conhecido pelos colossais projetos de construção. (N. T.)

Havia então passado dois anos me ocupando daquela forma com sucesso, quando chegou à universidade um jovem nobre *nouveau-riche*, Glendinning: rico, diziam boatos, como Herodes Antipas, riquezas que também foram facilmente adquiridas. Logo descobri que ele era de fraco intelecto e, claro, marquei-o como alvo adequado para minhas habilidades. Frequentemente engajava com ele nos jogos e planejei, com a arte comum do apostador, deixá-lo ganhar algumas quantias consideráveis, para capturá-lo em minha rede com maior sucesso. De forma gradual, meus esquemas começaram a amadurecer, e encontrei com ele (com total intenção de tal encontro ser final e decisivo) nos aposentos de um colega, o Sr. Preston, plebeu como eu, igualmente íntimo de ambos, mas que, para fazer-lhe justiça, não tinha sequer uma suspeita remota de minhas armações. Para dar mais caráter ao evento, havia planejado formar um grupo de oito a dez colegas, e tive um cuidado solícito de fazer a introdução do jogo de cartas parecer acidental, e originar de uma proposta do próprio trouxa a quem eu pretendia enganar. Para resumir este tópico vil, nenhuma das finas baixarias foi omitida, tão de costume em situações similares que era uma questão a ser comtemplada como ainda havia aqueles tão tolos a ponto de se tornarem suas vítimas.

Havíamos alongado nossa reunião noite adentro, e finalmente efetuei a manobra de manter Glendinning como meu único antagonista. O jogo, também, era o meu *écarté* favorito! O resto da companhia, interessados no desenrolar de nossa jogatina, haviam abandonado suas próprias cartas e encontravam-se ao nosso redor como espectadores. O *nouveau-riche*, que havia sido induzido por meus artifícios no começo da noite a beber sem inibições, então embaralhava, distribuía e jogava as cartas sob os maneirismos de um estresse agressivo para o qual sua embriaguez, eu supunha, poderia ser em parcial, mas não totalmente responsável. Em um curto período ele se tornara meu devedor de uma grande quantia e, após um longo trago de vinho do Porto, ele fez precisamente o que eu friamente antecipara: propôs dobrar nossas já extravagantes apostas.

Com uma demonstração de relutância bem fingida, e não até depois de minhas repetidas recusas o seduzirem para algumas palavras raivosas que deram um tom de irritação à minha conformidade, por fim acatei à proposta. O resultado, é claro, apenas provou o quão a presa se encontrava entre minhas garras: em menos de uma hora ele quadruplicara seus débitos. Por algum tempo suas feições andaram perdendo o rubor vistoso que o vinho havia as emprestado; mas então, para a minha surpresa, percebi que elas assumiram uma palidez de fato tenebrosa. Digo para minha surpresa, pois Glendinning se representara aos meus inquéritos ansiosos como alguém imensuravelmente rico; e o montante que ele havia então perdido, embora vasto em si, não poderia (eu supunha) seriamente o perturbar, muito menos afetá-lo com tanta violência. Que ele se encontrava sobrepujado pelo vinho que acabara de engolir foi a ideia que se apresentou mais prontamente; e, com o propósito de preservar meu próprio caráter aos olhos de meus associados mais do que por qualquer outro motivo menos interesseiro, estava prestes a insistir de maneira assertiva na cessação do jogo. Porém, alguns que falavam às minhas costas entre a companhia, e uma exclamação que evidenciou o completo desespero por parte de Glendinning, deram-me a compreensão de que eu havia causado sua total ruína sob circunstâncias que, tornando-o o objeto do dó de todos, deveriam havê-lo protegido até mesmo dos trabalhos vis de um demônio.

Qual haveria sido minha conduta é difícil dizer. A condição lastimável daquele trouxa havia jogado uma atmosfera de embaraço melancólico sobre tudo; e por alguns momentos um profundo silêncio se manteve, durante o qual eu não pude deixar de sentir minhas bochechas formigarem com os muitos olhares ardentes de escárnio e reprovação lançados a mim pelos menos devassos da companhia. Admitirei até que uma intolerável ansiedade pesarosa fora removida de meu peito por um breve instante ao que a repentina e extraordinária interrupção se sucedeu. As largas e pesadas portas sanfonadas do cômodo atiraram-se abertas de uma vez, com toda sua extensão, e uma impetuosidade vigorosa fluiu e, como que por mágica, extinguiu cada vela do recinto. Ao que suas luzes se apagavam, as chamas nos permitiram ver apenas que um estranho de altura próxima à minha própria havia entrado, completamente encoberto por um casaco. Porém a escuridão que se sucedeu fora total; apenas podíamos sentir que ele se encontrava entre nós. Antes de que qualquer um pudesse se recobrar do espanto absoluto em que tal grosseria havia nos atirado, ouvimos a voz do intruso.

— Cavalheiros — disse ele em um *sussurro* baixo, distinto e inesquecível que congelou o tutano em meus ossos —, cavalheiros, não vos peço desculpas por meu comportamento, pois assim agindo estou apenas cumprindo meu dever. Sem dúvidas ninguém vos informou do verdadeiro caráter da pessoa que esta noite ganhou no *écarté* uma grande quantia de dinheiro de Lorde Glendinning. Assim vos colocarei a par de um prático e decisivo plano para obter esta informação tão necessária. Por favor examineis, dentro de vosso tempo, o forro do punho da manga esquerda dele, e os diversos pequenos pacotes que podem ser encontrados dentro dos bolsos bastante amplos de seu roupão matinal bordado.

Enquanto ele falava, o silêncio era tão profundo que poderia se escutar um alfinete a cair no chão. Ao terminar, ele partiu de uma vez, tão abrupto quanto quando entrara. Posso... devo descrever minhas sensações? Tenho que dizer que senti todos os horrores dos condenados? Certamente tive pouco tempo para refletir. Muitas mãos grosseiras me seguraram no lugar, e luzes foram reacendidas de imediato. Uma busca se passou. No forro de minha manga foram encontradas todas as cartas essenciais do *écarté* e, nos bolsos de meu roupão, diversos baralhos, fac-símiles dos usados em nossas reuniões, com a exceção de que os meus eram de uma espécie tecnicamente chamada de *arrondees*: as cartas de figuras eram um pouco convexas nas pontas, enquanto as comuns eram convexas dos lados. Nesta disposição, o tolo que corta o baralho como de costume, ao comprido, invariavelmente irá cortar ao seu antagonista uma figura; enquanto o apostador, cortando na largura, corta nada que possa ser útil ao jogo de sua vítima.

Qualquer irromper de indignação diante dessa descoberta teria me afetado menos que o desprezo silencioso, ou a postura sarcástica, com que ela foi recebida.

— Sr. Wilson — disse nosso anfitrião, inclinando-se para remover de debaixo de seus pés um casaco de peles raras excessivamente luxuoso —, Sr. Wilson, isto deve ser tua propriedade. —

O tempo estava frio e, ao sair de meu quarto, atirei o casaco por cima de meu roupão, retirando-o ao chegar ao local do jogo. O anfitrião continuou:

— Presumo que seja supérfluo procurar aqui... — Olhou para as dobras da veste com um sorriso amargo. — ...por mais evidências de tuas habilidades. De fato, as tivemos em número suficiente. Espero que verás a necessidade de deixar Oxford; ao menos, de qualquer modo, de deixar meus aposentos neste exato momento.

Rebaixado e humilhado até o pó como então estava, seria provável de eu ter ressentido essa linguagem exasperada a ponto da violência pessoal imediata, não tivesse toda minha atenção no momento se detido em um fato de caráter estarrecedor. O casaco que eu havia usado era de uma pele de descrição rara; quão rara, quão extravagantemente custoso, não me aventuro a dizer. Seu corte também era de minha própria invenção fantástica, pois eu era meticuloso ao absurdo da afetação em questões dessa natureza frívola. Quando, então, o Sr. Preston me entregou a peça que ele havia tirado do chão, próximo às portas sanfonadas do apartamento, foi com uma estupefação que se aproximava do terror que percebi que meu próprio casaco já estava pendurado em meu braço (onde sem dúvidas o coloquei sem perceber), e o apresentado a mim era uma cópia idêntica dele em todos, mesmo os mais diminutos dos detalhes. O ser singular que havia me exposto tão de maneira tão desastrosa estava agasalhado, eu me lembro, em um casaco; e nenhum havia sido usado por qualquer membro de nosso grupo com exceção de mim mesmo. Retendo um pouco da presença de espírito, peguei o que me foi oferecido por Preston e o coloquei, sem nota, sobre o meu próprio; deixei o local com uma carranca absoluta de desafio; e, na próxima manhã ao raiar do dia, iniciei uma jornada apressada de Oxford ao continente, em uma perfeita agonia de horror e vergonha.

Fugi em vão. Meu destino vil me perseguiu como se em exaltação, e provou, de fato, que o exercício de seus domínios misteriosos havia apenas começado. Mal pisara em Paris quando tive novas evidências do interesse detestável que esse Wilson tomara ao que me diz respeito. Anos voaram, e eu não tive alívio. Patife! Em Roma, com quão inoportuna, ainda quão espectral intromissão ele se pôs entre mim e minha ambição! Em Viena também; em Berlim; e em Moscou! Como, então, eu não teria *razão* amarga em amaldiçoá-lo em meu coração? De sua tirania inescrutável eu por fim fugi como se da peste, acometido pelo pânico; e para os próprios confins da Terra eu *fugi em vão.*

E de novo e de novo, em comunhão secreta com meu próprio espírito, eu demandava as questões "Quem ele é?", "De onde ele veio?", "Quais são seus propósitos?", mas não havia respostas a serem encontradas. Assim examinei, com minucioso escrutínio, as formas, os métodos e traços marcantes de sua supervisão impertinente. Mas até mesmo ali havia muito pouco no que basear a conjectura. De fato, era perceptível que, em nenhuma das múltiplas ocasiões em que ele cruzara meu caminho durante aquela época, ele o havia feito com qualquer intenção além da de frustrar meus esquemas, ou para perturbar ações que, tivessem prevalecido, poderiam ter resultado em malícias atrozes. Pobre justificativa essa, na verdade, para uma autoridade tão imperiosamente assumida! Pobre indenização para a tão insultante, tão pertinaz privação do direito natural do livre-arbítrio!

Havia sido também forçado a perceber que meu algoz, por um longo período (enquanto com escrupulosa e milagrosa destreza mantinha sua maneira de vestir idêntica à minha própria), sempre elaborara de tal forma a execução de suas variadas inferências contra minha vontade, que eu não vi, em qualquer momento, os traços de sua face. Fosse Wilson o que fosse, *essa* era, ao menos, a maior das afetações ou tolices. Poderia ele, por um momento, supor que em meu repreensor em Eton; no destruidor de minha honra em Oxford; nele que frustrou minhas ambições em Roma; minha vingança em Paris; meu amor passional em Nápoles; o que ele falsamente denominou de minha avareza no Egito; que assim, nesse arqui-inimigo e gênio maligno, achou que eu falharia em reconhecer o William Wilson dos meus dias de garoto na escola; o homônimo, o companheiro, o rival — o odiado e terrível rival no colégio de Dr. Bransby? Impossível! Mas deixa-me adiantar para o último advento deste drama.

Até então eu sucumbira submisso a essa dominação imperiosa. O sentimento de profundo assombro com o qual eu costumava considerar o caráter elevado, a sabedoria majestosa, e a aparente onipresença e onipotência de Wilson, adicionado à sensação de até mesmo terror que certos traços de sua natureza e presunção me inspiraram... Tais sentimentos haviam conseguido, até àquele momento, me imprimir uma ideia de minha completa fraqueza e impotência, e sugerir uma implícita, embora amargamente relutante submissão à sua vontade arbitrária. Mas, nos meus dias mais recentes, eu me entreguei por completo ao vinho, e sua influência enlouquecedora sobre meu temperamento hereditário me tornara mais e mais impaciente ao seu controle. Comecei a murmurar, hesitar, resistir. E teria sido só em imaginação que me induzi a acreditar que, com o aumento de minha própria rigidez, a de meu algoz passou por uma proporcional diminuição? Fosse como fosse, assim senti a inspiração de uma esperança ardente, e por fim nutri em meus pensamentos secretos uma resolução desesperada e inflexível de que eu não iria mais me submeter a ser escravizado.

Foi em Roma, durante o carnaval de 18—, que participei de um baile de máscaras no *palazzo* do napolitano Duque Di Broglio. Havia me entregue de maneira mais ampla que o normal aos excessos da mesa de vinhos e, com isso, a atmosfera sufocante dos cômodos apinhados me irritou para além do suportável. A dificuldade, também, de me forçar através dos labirintos da companhia contribuíram bem mais que um pouco para agitar meu temperamento, pois estava ansiosamente procurando (não digamos por qual motivo indigno) a jovem, alegre e bela esposa do velho e dedicado Di Broglio. Com uma muito inescrupulosa confiança, ela havia me dado aviso prévio sobre o segredo da fantasia que usaria, e, então, tendo um relance de sua pessoa, apressei-me a entrar no caminho de sua presença. Foi este o momento em que senti uma mão leve ser colocada sobre o meu ombro e o sempre memorável, baixo e maldito *sussurro* veio ao meu ouvido.

Em um absoluto frenesi de fúria, virei-me àquele que me interrompera e segurei-o com violência pela gola da camisa. Ele estava vestido, como esperava, em uma fantasia muito similar à minha própria: uma capa espanhola de veludo azul, transpassado pela cintura com um cinto escarlate que sustentava um florete. Uma máscara de seda negra completamente encobria sua face.

— Canalha! — disse eu, com uma voz robusta pela raiva, enquanto cada sílaba que proferia parecia dar mais combustível à fúria. — Canalha! Impostor! Maldito salafrário! Não irás... Não irás me *submeter até a morte*! Segue-me, ou te apunhalarei onde te encontras! — e fiz meu caminho do salão do baile até a pequena antecâmara adjunta, o arrastando sem resistência enquanto ia.

Ao entrar, eu o atirei furiosamente para longe de mim. Ele cambaleou até a parede, enquanto eu fechei a porta com um xingamento, e ordenei que desembainhasse a espada. Ele hesitou apenas por um instante; então, com um leve suspiro, desembainhou em silêncio e se colocou na defesa.

A disputa foi breve, de fato. Eu estava frenético com toda espécie de agitação desvairada, e senti dentro de meu braço o poder de uma multitude. Em alguns segundos eu o empurrei com força bruta contra os lambris da parede e, assim, tendo-o à minha mercê, perfurei-o com ferocidade bruta, repetidas vezes — de novo e de novo — através do peito.

Naquele instante alguém tentou abrir a tranca da porta. Apressei-me para prevenir a intrusão, e de imediato retornei ao meu antagonista moribundo. Mas qual língua humana seria capaz de retratar adequadamente o espanto e o horror que me possuíram diante do espetáculo à minha vista? O breve momento em que desviei meus olhos havia sido o suficiente para produzir, uma mudança física nos arranjos do lado mais dianteiro ou distante do cômodo. Um grande espelho — ou ao menos isto que me pareceu a princípio na minha confusão — então se encontrava onde nenhum antes era perceptível; e, enquanto eu andei até ele em extremo terror, minha própria imagem, mas com os traços pálidos e cobertos em sangue, avançou para me encontrar em passos débeis e trôpegos.

Assim pareceu, eu digo, mas não foi. Era meu antagonista; era Wilson quem se encontrava diante de mim, nas agonias da ruína. Sua máscara e capa estavam caídos no chão, como ele os deixara. Não havia um fio em sua vestimenta — não havia uma linha em todos os marcados e singulares traços de sua face que não eram, mesmo na mais absoluta identidade, os *meus próprios*!

Era Wilson; mas ele não mais falava em um sussurro, e poderia crer que era eu mesmo que falava quando ele disse:

— *Tu prevaleceste, e eu me rendo. Ainda que doravante tu também estejas morto: morto ao Mundo, ao Paraíso e à Esperança! Em mim tu existias; e, em minha morte, vejas nesta imagem, que é a tua própria, o quão completamente tu assassinaste a ti mesmo.*

OS FATOS NO CASO DO SR. VALDEMAR

Claro que não vou fingir que estou surpreso, pois não é de se admirar que o caso extraordinário do Sr. Valdemar tenha incitado discussões. Seria um milagre do contrário; ainda mais sob tais circunstâncias. Mesmo com o desejo de todas as partes envolvidas de manter o assunto distante do público, ao menos no presente, ou pelo menos até que tivéssemos mais oportunidades para investigação — e mesmo com nossos esforços empenhados nesse âmbito —, uma versão truncada ou exagerada dos acontecimentos forçou seu caminho à sociedade, e se tornou a origem de muitas declarações desagradavelmente deturpadas; e, como é bastante natural, levou a um elevado grau de descrença.Agora torna-se necessário que eu elucide os *fatos*, ao menos no tanto que eu mesmo os compreendo. Estes são, de modo sucinto, os que seguem:

Minha atenção, durante os últimos três anos, foi por repetidas vezes atraída pela disciplina do mesmerismo e, por volta de nove meses atrás, ocorreu-me que na série de experimentos feitos até então havia uma omissão notável e inexplicável: ninguém havia antes sido hipnotizado *in articulo mortis*[18]. Restava descobrir, primeiro, se em tal condição existiria no paciente qualquer susceptibilidade à influência magnética; por segundo, se esta existisse, se ela era prejudicada ou exacerbada pela condição; e terceiro, até que extensão, ou por quão longo período, os avanços da Morte poderiam ser aplacados dessa maneira. Havia outros pontos a serem levantados, mas esses eram os que mais atiçavam minha curiosidade; o último em especial, devido ao caráter imensamente importante de suas consequências.

Ao procurar por um indivíduo no qual eu pudesse testar tais hipóteses, fui levado a pensar em meu amigo, o Sr. Ernest Valdemar, o conhecido compilador da *Bibliotheca Forensica*, e autor (sob o pseudônimo de Issachar Marx) da versão polonesa de *Wallenstein*[19] e *Gargantua*[20]. O Sr. Valdemar, que residira principalmente em Harlem, Nova York, desde o ano de 1839, é (ou foi) particularmente notável pela sua extrema magreza — seus membros inferiores muito lembrando os de John Randolph[21] — e também pela brancura de seu bigode, em violento contraste à escuridão do cabelo, este último, por consequência, sendo confundido por uma peruca com frequência. Seu temperamento era nitidamente ansioso, o que o tornava muito suscetível a experimentos hipnóticos. Em duas ou três ocasiões o coloquei para dormir com poucas dificuldades, mas fiquei desapontado em outros resultados que sua constituição peculiar havia, por natureza, me levado a antecipar: sua vontade nunca esteve positiva ou completamente sob meu domínio e, no tocante à *clarividência*, não consegui obter qualquer previsão confiável. Sempre atribuí minhas fa-

18 Latim: "nas articulações da morte". (N. T.)
19 Peça escrita pelo poeta e filósofo alemão Friedrich Schiller (1759 - 1805) (N. T.)
20 Romance do escritor francês François Rabelais (1494 - 1553) (N. T.)
21 John Randolph de Roanoke (1773 - 1833), político norte-americano. (N. T.)

lhas nesses quesitos ao estado desordenado de sua saúde. Alguns meses antes de me familiarizar com ele, seus médicos o haviam confirmado um quadro de tuberculose. Era seu costume, de fato, falar calmo de seu fim próximo, como um assunto que não deveria ser evitado nem lamentado.

Quando as ideias que aludi a princípio me ocorreram, foi natural que pensasse no Sr. Valdemar. Eu conhecia a firme filosofia do homem bem demais para encontrar quaisquer *escrúpulos* nele; e ele não tinha parentes na América que pudessem interferir. Falei com ele francamente sobre o assunto e, para minha surpresa, ele se apresentou muito animado. Digo com surpresa, pois, embora ele sempre tivesse rendido sua pessoa aos meus experimentos de livre vontade, ele nunca antes apresentara qualquer ar de simpatia aos meus afazeres. Sua maladia era do caráter que admitia um cálculo exato a respeito da época em que resultaria em morte, e ficou combinado entre nós que ele mandaria me chamarem por volta de vinte e quatro horas antes do período estipulado pelos médicos como o momento de seu óbito.

Fazem agora mais de sete meses desde que recebi, do próprio Sr. Valdemar, o seguinte bilhete anexado:

MEU CARO P——,

É melhor que venhas de uma vez. D—— e F—— concordam que eu não passarei da meia-noite de amanhã; e acredito que eles tenham acertado o momento nos segundos.

VALDEMAR

Recebi essa nota dentro de meia hora após ter sido escrita, e em mais quinze minutos eu me encontrava nos aposentos do moribundo. Fazia dez dias que não o via, e fiquei horrorizado pela alteração tenebrosa que esse breve intervalo havia lhe causado. Sua face apresentava um tom plúmbeo, e seus olhos estavam completamente opacos. Encontrava-se tão emaciado que a pele havia sido rasgada pelos ossos das maçãs do rosto. Sua expectoração era excessiva. O pulso, praticamente imperceptível. Entretanto, ele retinha, de maneira notável, suas faculdades mentais e um certo grau de força física. Falava com distinção, tomou alguns remédios paliativos sem assistência e, ao que eu entrei no quarto, estava ocupado em anotar memórias em um livro de bolso. Ele se mantinha sentado no leito com ajuda de travesseiros. Os médicos D—— e F—— o atendiam.

Depois de apertar a mão de Valdemar, conversei em particular com os médicos, e obtive deles um relato minucioso da condição do paciente. O pulmão esquerdo havia dezoito meses que se encontrava em um estado semi-ósseo ou cartilaginoso, e estava, é claro, inutilizado por completo para todos os propósitos da vitalidade. O direito, na sua porção superior, também estava parcialmente, se não completamente, calcificado, enquanto a região inferior era uma mera massa de tubérculos purulentos que corriam uns sobre os outros. Múltiplas perfurações extensas existiam e, em um ponto, ocorrera a aderência permanente às costelas. Essas condições do pulmão direito eram, por comparação, um tanto recentes. A calcificação havia procedido com uma rapidez muito pouco usual; nenhum sinal dela havia sido encontrada no mês anterior, e a aderência havia sido observada apenas três dias antes. Independentemente da tuberculose, suspeitava-se que o paciente tivera um aneurisma da aorta; mas neste ponto seus sintomas ósseos tornavam uma diagnose exata impossível. Era da opinião de ambos que o Sr. Valdemar morreria na meia-noite do dia seguinte (domingo). Era então sete em ponto da noite de sábado.

Ao deixar a cabeceira do inválido para ter essa conversa comigo, os Drs. D—— e F—— fizeram-lhe sua despedida final. Não era da intenção deles retornar; mas, à minha solicitação, eles concordaram em atender ao paciente perto das dez da próxima noite.

Quando eles nos deixaram, falei livremente com o Sr. Valdemar no tocante à sua morte próxima, assim como, em maior particularidade, ao experimento proposto. Ele ainda se professava muito disposto e até mesmo ansioso para que este fosse efetuado, e pediu para que eu começasse logo. Um enfermeiro e uma enfermeira o atendiam; mas eu não me senti de todo em liberdade de começar um feito desse caráter sem mais alguma testemunha credível além do que essas pessoas, em caso de acidente repentino, poderiam comprovar. Assim, eu adiei as operações até perto das oito da próxima noite, com a chegada de um estudante de medicina com o qual eu tinha alguma familiaridade, o Sr. Theodore L—l, que me livraria de futuros constrangimentos. Era meu plano original esperar pelos médicos, mas fui induzido a proceder, primeiro por causa dos pedidos urgentes do Sr. Valdemar, e segundo pela minha convicção de que eu não tinha um momento a perder, pois ele estava evidentemente se esvanecendo, e depressa.

O Sr. L—l foi tão gentil em aderir aos meus desejos que ele tomou notas de todo o ocorrido; e é a partir desses memorandos que o que eu agora relato é, em sua maior parte, uma condensação ou uma cópia integral.

Faltavam cinco minutos para as oito quando, segurando a mão do paciente, implorei que ele declarasse, de forma tão distinta quanto ele pudesse, para o Sr. L—l que ele (Sr. Valdemar) estava de acordo em ser colocado sob um experimento de hipnose na condição que ele então se encontrava. Ele respondeu debilmente, mas ainda muito audível:

— Sim, desejo ser hipnotizado. — E adicionou logo em seguida: — Temo que tenhas adiado por tempo demais.

Enquanto ele assim falava, iniciei os movimentos que já sabia serem os mais eficazes em o subjugar. Ele foi influenciado de maneira evidente pelo primeiro acariciar lateral de minha mão sobre sua testa, mas, embora eu usasse de todo meu poder, nenhum outro efeito perceptível foi induzido até alguns minutos após as dez, com a chegada dos doutores D—— e F——, de acordo com a consulta marcada. Expliquei-lhes, em algumas palavras, o que pretendia fazer, e como eles não se opuseram de qualquer maneira, dizendo que o paciente já se encontrava nas agonias da morte, procedi sem hesitação; apenas trocando as passadas laterais por outras que seguiam abaixo, e dirigindo meu olhar inteiramente ao olho direito do sofredor.

Naquele momento seu pulso era imperceptível e sua respiração laboriosa, seguindo em intervalos de meio minuto.

Essa condição permaneceu quase inalterada por um quarto de hora. Na expiração desse período, porém, um natural embora profundo suspiro escapou do peito do moribundo, e os labores de sua respiração se cessaram; isto é, suas dificuldades não eram mais aparentes, embora os intervalos não tivessem diminuído. As extremidades do paciente eram de uma frieza gélida.

Faltando cinco minutos para as onze, percebi os sinais inequívocos da influência hipnótica. O rolar vidrado dos olhos foi trocado por uma expressão de *análise introspectiva* desagradável que nunca é vista, exceto em casos de mesmerismo, e é bastante impossível de confundir com qualquer outra. Com alguns rápidos passes laterais fiz as pálpebras trepidarem, como no sono incipiente, e com mais alguns eu as fechei por completo. Não me dando satisfeito com isso, porém, continuei as manipulações vigorosas e com total empenho de minha vontade, até que os membros do adormecido estivessem completamente rijos, após os colocar em uma posição de aparente conforto. As pernas estavam esticadas; os braços, quase, e repousados na cama a uma distância moderada da pelve. A cabeça estava muito levemente elevada.

Ao que alcancei isso, era meia-noite em ponto, e requeri aos cavalheiros presentes que examinassem a condição do Sr. Valdemar. Após alguns experimentos, admitiram que ele se encontrava em um raro perfeito estado de transe hipnótico. A curiosidade de ambos os médicos em muito se empolgou. Dr. D—— logo resolveu que permaneceria com o paciente pela noite inteira, enquanto Dr. F—— se retirou, prometendo voltar ao raiar do dia. O Sr. L—l e os enfermeiros se mantiveram no cômodo.

Deixamos o Sr. Valdemar imperturbado até próximo das três da manhã, quando me aproximei e encontrei-o precisamente na mesma condição que estava quando à saída de Dr. F——; ou seja, ele se encontrava na mesma posição, o pulso era imperceptível, a respiração era sutil (quase impercebível, exceto pela aplicação de um espelho aos lábios), os olhos estavam fechados, e todos os membros se encontravam rígidos e frios como mármore. Ainda assim, a aparência em geral de certo não era aquela da morte.

Ao me aproximar do Sr. Valdemar, fiz um parco esforço de influenciar seu braço direito a seguir o meu próprio, enquanto eu passava este último gentilmente de um lado ao outro sobre sua pessoa. Em tais experimentos com esse paciente, nunca havia sucedido perfeitamente, e logo não tinha muitas esperanças de suceder ali; mas, para o meu espanto, seu braço de imediato, embora que débil, seguiu todas as direções que atribuí com o meu. Arrisquei algumas palavras de diálogo.

— Sr. Valdemar — disse eu —, está dormindo?

Ele não respondeu, mas percebi um tremor em seus lábios que me induziu a repetir a pergunta mais algumas vezes. Durante a terceira repetição, toda sua estrutura foi tomada por um leve tremor; as pálpebras se entreabriram o suficiente para expor uma faixa branca da córnea; os lábios se moveram vagarosos, e por entre eles, em um sussurro praticamente inaudível, surgiram estas palavras:

— Sim, durmo agora. Não me acorde! Deixa-me morrer assim!

Naquele momento apalpei seus membros e os descobri rígidos como sempre. O braço direito, como antes, obedeceu às direções de minha mão. Questionei o mesmerizado novamente:

— Ainda sente dores no peito, Sr. Valdemar?

A resposta então foi imediata, mas menos audível do que antes:

— Sem dor; estou morrendo.

Não achei aconselhável o perturbar ainda mais naquele momento, e nada foi dito ou feito até a chegada do Dr. F——, que se apresentou um pouco antes do nascer do sol e expressou um espanto incontido ao encontrar o paciente ainda vivo. Após medir o pulso e aplicar o espelho aos lábios, ele me pediu para falar com o mesmerizado outra vez. Assim o fiz, dizendo:

— Sr. Valdemar, ainda estás dormindo?

Como antes, alguns minutos se passaram antes da resposta ser dada e, durante esse intervalo, o moribundo parecia reunir suas energias para falar. Ao que repeti a pergunta pela quarta vez, ele a respondeu muito suavemente, quase inaudível:

— Sim, ainda durmo; morrendo.

Era então da opinião, ou melhor, do desejo dos médicos que o Sr. Valdemar permanecesse imperturbado naquela condição de aparência tranquila em que se encontrava, até que a morte o sobrepujasse; e isso, era de consenso geral, deveria ocorrer em poucos minutos. Decidi, porém, falar com ele mais uma vez, e apenas repeti minha pergunta anterior.

Enquanto eu falava, veio uma mudança notável sobre as feições do mesmerizado. Os olhos se abriram devagar, as pupilas desaparecidas acima; a pele em geral assumiu um tom cadavérico, lembrando menos pergaminho e mais o papel branco; e os círculos rosados que até então eram bem definidos no centro de cada bochecha se *apagaram* de uma vez. Uso esta expressão porque seu desaparecimento repentino trouxe à minha mente nada menos que a imagem de uma vela sendo extinguida por um sopro. Ao mesmo tempo, o lábio superior se ergueu, revelando os dentes, que até então encontravam-se encobertos; enquanto a mandíbula desceu em um movimento audível, deixando a boca completamente aberta, e a língua inchada e enegrecida à mostra. Presumi que nenhum dos membros do grupo então presente era desacostumado aos horrores do leito da morte; mas a aparência do Sr. Valdemar naquele momento era tão hedionda, para além das concepções, que houve um recuo geral da área ao redor da cama.

Sinto que cheguei em um ponto desta narrativa em que qualquer leitor entraria no choque da descrença. É do meu dever, porém, simplesmente proceder.

Não havia mais sequer o menor indício de vitalidade no Sr. Valdemar; e, tomando-o como morto, estávamos prestes a deixá-lo sob os serviços dos enfermeiros quando um forte movimento vibratório foi percebido na língua. Este continuou por talvez um minuto. Ao que o período se expirou, da mandíbula distendida e imóvel surgiu uma voz — uma que seria muita loucura eu tentar descrever. Existem, de fato, dois ou três epítetos que poderiam ser considerados como aplicáveis a ela em parte; posso dizer, por exemplo, que o som era abrasivo, truncado e oco; mas o todo horrendo é indescritível, pela simples razão de que nunca som parecido algum dia chegou aos ouvidos da humanidade. Porém havia duas particularidades que então acreditei, e agora acredito, que poderiam ser consideradas como características da entonação, assim como apropriadas para transmitir alguma ideia de sua peculiaridade sobrenatural. Em primeiro lugar, a voz parecia chegar aos nossos ouvidos (ao menos aos meus) de uma vasta distância, ou de alguma profunda caverna abaixo da terra. Em segundo, ela me causou uma sensação (e temo que, neste quesito, será impossível de me fazer compreendido) igual àquela que algo gelatinoso ou glutinoso causa ao sentido de tato.

Tenho falado tanto de "som" quanto "voz". Com isso, quero dizer que o som era um de distinta (até de incrível, assombrosamente distinta) enunciação. O Sr. Valdemar *falou*, óbvio que em réplica à questão que havia o proposto alguns minutos antes. Lembro aqui que lhe perguntei se ele ainda se encontrava dormindo. Ele então respondeu:

— Sim; não. *Estive dormindo*... E agora... Agora... *Estou morto*.

Nenhum dos presentes sequer tentou negar ou reprimir o horror improferível que nos fez tremer a essas poucas palavras, tão bem calculadas para incutir esse sentimento assim que ditas. O Sr. L—l (o estudante) desmaiou. Os enfermeiros deixaram o cômodo de imediato, e não podiam ser persuadidos a retornar. Minha própria impressão não tenho pretensões de tornar inteligível ao leitor. Por quase uma hora nós nos ocupamos em silêncio — sem uma palavra sequer — no empenho de tentar reavivar o Sr. L—l. Quando ele voltou a si, retornamos às investigações sobre a condição do Sr. Valdemar.

Ela continuou em todos os aspectos como eu por último descrevi, com a exceção de que o espelho não mais indicava qualquer evidência de respiração. Uma tentativa de extrair sangue do braço falhou. Devo mencionar, também, que este membro não mais se apresentava sujeito à minha vontade. Empenhei-me em vão ao tentar fazê-lo seguir os direcionamentos de minha mão. De fato, a única indicação verdadeira da influência hipnótica era então encontrada nos movimentos vibratórios da língua sempre que eu abordava o Sr. Valdemar com uma questão. Ele parecia tentar fazer esforços para responder, mas já não tinha vontade própria o suficiente. Para questões colocadas por qualquer outra pessoa senão eu próprio, ele aparentava de todo insensível — por mais que eu me esforçasse em colocar cada membro de nosso grupo em uma ligação hipnótica com ele. Acredito que o que aqui relatei foi todo o necessário para compreender o estado do mesmerizado naquela época. Outros enfermeiros foram arranjados; e às dez em ponto deixei a casa na companhia dos dois médicos e do Sr. L—l.

Durante a tarde fomos chamados novamente para ver o paciente. Sua condição continuou precisamente a mesma. Tivemos então algumas discussões sobre as propriedades e a possibilidade de acordá-lo; mas tivemos pouca dificuldade em concordarmos todos que não haveria um bom propósito a ser servido assim fazendo. Era evidente que, até então, a morte (ou o que usualmente denominamos morte) havia sido aplacada pelo processo hipnótico. Era claro para todos que acordar o Sr. Valdemar resultaria em garantir seu instantâneo, ou ao menos rápido, óbito.

Daquele período até o fechamento da última semana — *um intervalo de quase sete meses* — continuamos a fazer visitas diárias à casa do Sr. Valdemar, acompanhados, de quando em quando, por médicos e outros amigos. Durante todo esse tempo o mesmerizado continuou *exatamente* como eu o descrevi por último. O atendimento dos enfermeiros era contínuo.

Na sexta-feira passada finalmente decidimos fazer o experimento de acordá-lo, ou ao menos tentar acordá-lo; e (talvez) seja o infortuno resultado desse último experimento que tenha dado espaço para tantas discussões nos âmbitos privados — muito do que eu não posso deixar de considerar como uma popularidade injustificada.

Para os propósitos de livrar o Sr. Valdemar de seu transe hipnótico, fiz os passes de costume. Esses, por algum tempo, não obtiveram efeito. A primeira indicação do reavivar veio com um parcial descender da íris. Foi observado como especialmente notável que o descer da pupila foi acompanhado por uma vazão profusa de um icor amarelado (vindo de debaixo das pálpebras) de um odor pungente e altamente desagradável.

Foi então sugerido que eu tentasse influenciar o braço do paciente, da mesma forma que fiz antes. Tentei e falhei. Dr. F—— então exprimiu o desejo de que eu questionasse o paciente. Assim o fiz, da forma que segue:

— Sr. Valdemar, pode nos explicar quais são seus sentimentos e desejos agora?

Houve um instantâneo retorno do rubor às bochechas e a língua tremeu, ou melhor, rolou violentamente na boca (embora a mandíbula e os lábios se mantivessem tão rígidos quanto antes). Por fim, a mesma voz hedionda que já descrevi irrompeu:

— Pelo amor de Deus! Rápido, rápido! Me coloque para dormir! Ou, rápido, me acorde! Rápido! Pois digo que *já estou morto*!

Fiquei profundamente consternado e por um instante me mantive sem decidir o que fazer. A princípio fiz algum esforço em retorná-lo ao sono, mas ao falhar devido à total suspensão da vontade, retrocedi meus passos e, com os mesmos sinceros esforços, empenhei-me em acordá-lo. Nesta tentativa logo percebi que obteria sucesso — ou ao menos logo acreditei que meu sucesso seria completo —, e tenho certeza de que todos os presentes no cômodo estavam preparados para ver o paciente acordar.

O que na verdade ocorreu, porém, é bastante impossível que houvesse qualquer ser humano preparado para presenciar.

Enquanto eu fazia os passes hipnóticos, entre as exclamações de "Morto! Morto!" que absolutamente *irrompiam* violentas da língua, mas não dos lábios do sofredor, toda a sua estrutura de uma vez, dentro do espaço de um único minuto, ou até menos, encolheu. Ruiu. Absolutamente *se esvaiu* em podridão abaixo de minhas mãos. Sobre a cama, e frente a todos ali presentes, jazia uma massa quase líquida de repugnante e detestável putrescência.

O ENTERRO PREMATURO

Existem certos temas capazes de capturar toda a imaginação, mas que são terríveis demais para os propósitos da ficção legítima. Esses, o mero romancista deve evitar, se ele não deseja ofender ou enojar. Eles são apenas tratados com propriedade quando a severidade e imponência da Verdade os santifica e sustenta. Sentimos, por exemplo, a mais intensa "dor prazerosa" perante as narrativas da Batalha do Beresina, do Terremoto de Lisboa, da Praga de Londres, do Massacre de São Bartolomeu, ou do asfixiar dos cento e vinte três prisioneiros no Buraco Negro de Calcutá. Mas nestas narrativas é o fato — é a realidade — é a história que instiga a mente. Fossem invenções, deveríamos as considerar com simples repúdio.

Mencionei algumas das calamidades mais proeminentes e memoráveis que se tem em registro; mas nessas é a extensão, mais que seu caráter, que impressiona tão vividamente a imaginação. Não preciso lembrar o leitor que, do longo e estranho catálogo das misérias humanas, poderia selecionar diversas instâncias individuais mais repletas com sofrimento essencial do que qualquer uma dessas vastas generalidades de desastre. De fato, a verdadeira desgraça — o supremo infortúnio — é particular, não difusa. Que os assombrosos extremos da agonia são suportados apenas pelo homem como unidade, e não homem como massa… agradeçamos isso ao Deus misericordioso!

Ser enterrado vivo é, para além de qualquer questão, um desses extremos mais terríveis selecionados para caber à mera mortalidade. É raro que qualquer um que possa refletir sobre o assunto negue que é algo que tem ocorrido com frequência — muita frequência. Os limites que dividem a Vida da Morte são, no máximo, vagos e obscuros. Quem é capaz de dizer quando uma acaba e a outra começa? Sabemos que existem doenças em que ocorre a total cessação das aparentes funções vitais, e ainda assim tal encerramento não passa de uma suspenção, como seria mais propriamente chamada. São apenas pausas temporárias de um mecanismo incompreensível. Ao passar de um certo período, algum misterioso princípio invisível outra vez anima os carretéis mágicos e os teares do mago. O cordame de prata não se afrouxara para sempre, nem a tigela dourada estilhaçada de modo irreparável. Mas onde, durante tal, encontrava-se a alma?

Porém, além da inevitável conclusão, a priori, de que tais causas deverão produzir tais efeitos — de que a conhecida ocorrência de tais casos de animação suspensa devem naturalmente dar margem, periodicamente, para enterros prematuros —, além dessas considerações, temos a testemunha direta de experiência tanto médica quanto ordinária a provar que um vasto número desses enterros ocorrera de fato. Posso citar de uma vez, caso necessário, uma centena de casos muito bem autenticados. Um de caráter muito notável, e cujas circunstâncias podem ainda estar frescas na memória de alguns leitores, ocorreu há não muito tempo, na nossa cidade vizinha Baltimore, onde ocasionou uma dolorosa, intensa e extremamente prolongada agitação. A esposa de um de seus cidadãos mais respeitáveis — um advogado de eminência e um membro do Congresso — foi tomada por uma repentina e inexplicável doença, a qual frustrou as habilidades de seus médicos. Depois de muitos sofrimentos ela morreu, ou ao menos foi suposto que ela havia morrido. Ninguém suspeitava, de fato, que ela não estava morta de verdade, e nem tinham razões para tal. Ela apresentava todos os sinais ordinários da morte. A face assumiu o costumeiro contorno franzido e cavado. Os lábios eram da habitual palidez de mármore. Os olhos não tinham brilho. Não havia calor. A pulsação cessara. Por três dias o corpo foi preservado insepulto, durante os quais adquiriu uma rigidez pétrea. Resumindo, o funeral foi adiantado devido ao que se supunha ser o rápido avanço da decomposição.

A dama foi depositada na cripta de sua família, a qual, pelos três anos subsequentes, não foi perturbada. Com a expiração deste tempo ela foi aberta outra vez para receber um novo sarcófago — mas ah, a desgraça! Que medonho choque esperava pelo marido, quem, pessoalmente, escancarou a porta! Ao que o metal adornado girou para fora, algum objeto envolto de mantos brancos caiu estrondoso em seus braços. Era o esqueleto da esposa vestindo sua mortalha ainda não mofada.

Uma investigação cuidadosa revelou que ela havia acordado algo que dentro de dois dias após seu sepultamento; que seus esforços dentro do caixão o fizeram cair da saliência da prateleira ao chão, onde se estilhaçou de tal maneira a permiti-la a fuga. Uma lamparina que havia sido deixada acidentalmente na cripta, cheia de óleo, foi encontrada vazia, mas pode ser que esta tenha se exaurido por evaporação. Nos últimos degraus que levavam à temível câmara, havia um grande pedaço do caixão, com o qual, ao que parece, ela se empenhara em usar para chamar a atenção batendo na porta de ferro. Assim ocupada, ela provavelmente desmaiou, ou tenha morrido devido ao puro terror; e, ao falhar, sua mortalha enrolou-se em algum adorno de metal que se projetava para dentro. Assim ela ficou, e assim ela apodreceu, ereta.

No ano de 1810, um caso de sepultamento vivo ocorreu na França, perante circunstâncias que justificam a afirmação de que a verdade é mais estranha que a ficção. A heroína dessa história foi a Mademoiselle Victorine Lafourcade, uma belíssima jovem mulher de uma família ilustre e de recursos. Entre seus inúmeros pretendentes, encontrava-se Julien Bossuet, um pobre *litterateur*, ou jornalista de Paris. Seus talentos e amabilidade em geral haviam o tornado notável perante a herdeira, por quem ele aparentava ter se apaixonado de verdade; mas para ela o orgulho de nascença fê-la decidir, finalmente, por rejeitá-lo, e se casar com um Monsieur Renelle, um banqueiro e diplomata de alguma eminência. Após o casamento, porém, este cavalheiro veio a negligenciá-la ou, mais corretamente, a maltratá-la. Passando com ele alguns anos miseráveis, ela morreu; ou ao menos sua condição lembrava tão próxima a da morte a ponto de enganar todos que a viram. Ela foi sepultada — não em uma cripta, mas em um túmulo comum no vilarejo de sua natividade. Cheio de desespero e ainda aquecido pelas memórias da profunda ligação, o apaixonado viaja da capital para a remota província onde se encontrava o vilarejo, com o propósito romântico de exumar o cadáver e se possuir de suas madeixas luxuriantes. Ele chega ao túmulo. À meia-noite ele desenterra o caixão, retira-lhe o tampo, e ainda está no ato de soltar os cabelos dela quando ele se depara com o abrir dos olhos da amada. De fato, a dama havia sido enterrada viva. A vitalidade ainda não a deixara por completo, e ela foi desperta, pelas carícias do amado, da letargia que havia sido confundida com morte. Ele a levou, desesperado, para seus aposentos na vila. O jornalista empregou certos fármacos poderosos, desenvolvidos com seu vasto conhecimento medicinal. Assim, ela foi reavivada e reconheceu seu salvador. Ela continuou com ele até que, a passos lentos, recuperou sua saúde original por completo. Seu coração feminino não era inflexível, e esta última lição de amor foi suficiente para o amolecer. Ela o concedeu a Bossuet. Não retornaria ao seu esposo, mas, escondendo deste sua ressureição, ela fugiu com o amante para a América. Vinte anos depois, os dois retornaram à França, convencidos de que o tempo havia alterado a aparência da dama de tal maneira que sequer seus amigos seriam capazes de a reconhecer. Porém, eles haviam se enganado e, logo no primeiro encontro, Monsieur Renelle reconheceu e reivindicou sua esposa. Este comando ela resistiu, e um tribunal judiciário a sustentou em sua resistência, decidindo que, sob as peculiares circunstâncias e com o longo passar dos anos, havia se extinguido a autoridade do marido, não só sob a ótica da equidade mas também sob a da lei.

O *Diário Cirúrgico* da Universidade de Leipzig, um periódico de grande autoridade e mérito que algum livreiro americano faria bem em traduzir e republicar, menciona em uma de suas edições mais recentes um evento perturbador do caráter em questão.

Um oficial de artilharia, um homem de estatura gigantesca e saúde robusta, ao cair de um cavalo indomado, recebeu uma contusão muito severa em sua cabeça, que o deixou desacordado de pronto; o crânio foi levemente fraturado, mas nenhum perigo imediato fora percebido. Uma trepanação foi realizada com sucesso. Uma sangria foi feita, e outros métodos ordinários de alívio adotados. Gradualmente, porém, ele descendeu cada vez mais a um estado de estupor desesperançoso e, por fim, pensou-se que ele havia morrido.

O tempo estava quente, e ele foi enterrado com uma pressa indecente em um dos cemitérios públicos. Seu funeral ocorreu em uma quinta-feira. No domingo seguinte, as terras do cemitério estavam, como era normal, apinhadas de visitantes, e por volta do meio-dia uma agitação intensa foi criada devido à declaração de um camponês de que, ao sentar-se sobre o túmulo do oficial, sentiu uma distinta comoção na terra, como se alguém se debatesse abaixo. A princípio pouca atenção foi dada à afirmação do homem, mas seu terror evidente, e a tenaz insistência com a qual ele persistia com a história, acabaram por causar seu efeito natural sobre a multidão. Pás foram arranjadas com pressa, e o túmulo, que era deploravelmente raso, estava em alguns minutos tão aberto que a cabeça de seu ocupante apareceu. Ele parecia morto, mas se sentava quase ereto dentro do caixão, cujo tampo, em seus esforços furiosos, ele havia erguido parcialmente.

Ele foi levado às pressas ao hospital mais próximo, onde foi dado como ainda vivo, embora em uma condição asfixiada. Depois de algumas horas ele se reavivou, reconheceu indivíduos dos quais ele era próximo e, em sentenças truncadas, falou das agonias no túmulo.

Pelo que o oficial relatou, ficou claro que ele esteve consciente da própria vida por mais de uma hora, enquanto enterrado, antes de cair na inconsciência. O túmulo havia sido preenchido de maneira descuidada e frouxa, com um solo excessivamente poroso; e assim algum ar foi admitido. Ele ouviu os passos da multidão acima, e por sua vez se esforçou em ser escutado. Foi o tumulto no cemitério, disse ele, que o acordou do sono profundo, mas assim que abriu os olhos ele se tornou completamente consciente dos terríveis horrores da posição em que se encontrava.

Foi recordado que esse paciente reagia bem e estava em um bom caminho na direção da recuperação total, mas tornou-se vítima das charlatanices dos experimentos médicos. A bateria galvânica foi aplicada, e ele faleceu de imediato em um desses paroxismos extáticos que ela ocasionalmente induz além do limite.

Entretanto, mencionar a bateria galvânica me traz à memória a questão de um caso conhecido e muito extraordinário, onde o uso a provou como o meio para restaurar a animação de um jovem advogado de Londres, que fora mantido enterrado por dois dias. Isto ocorreu em 1831, e criava, na época, uma profunda comoção sempre que se tornava o assunto das conversas.

O paciente, Sr. Edward Stapleton, havia sido dado como falecido de febre tifoide, acompanhada de alguns sintomas anômalos que incitaram a curiosidade de seus atendentes médicos. Após sua aparente morte, foi solicitado dos amigos dele que estes sancionassem um exame post-mortem, mas eles se recusaram a permiti-lo. Como frequentemente acontece quando tais recusas são feitas, os doutores resolveram exumar o corpo e dissecá-lo à vontade, em privado. Arranjos foram tramados sem dificuldade com algum dos numerosos bandos de ladrões de corpos que abundam em Londres; e, na terceira noite após o funeral, o suposto cadáver foi desenterrado de sua cova de sete palmos e depositado no anfiteatro de um hospital particular.

Uma incisão de certa extensão fora feita no abdômen, o que expôs a aparência fresca e não decaída dos tecidos, sugerindo a aplicação da bateria. Um experimento sucedeu o outro, e os efeitos de costume sobrevieram, com nada a caracterizá-los em qualquer respeito, exceto em uma ou duas ocasiões, onde houve um grau de vivacidade mais que ordinário nas convulsões.

Ficava tarde. O dia estava prestes a amanhecer; e por fim foi considerado expediente prosseguir com a dissecação de uma vez. Um estudante, porém, mostrou-se especialmente interessado em testar uma teoria própria, e insistiu em aplicar a bateria em um dos músculos peitorais. Um corte grosseiro foi feito e um cabo levado em contato às pressas, quando o paciente, em um movimento rápido e não convulsivo, levantou-se da mesa, andou até o meio da sala, olhou desconfortável ao seu redor por alguns segundos e então falou. O que ele disse era ininteligível, mas palavras foram ditas; a enunciação foi distinta. Após falar, ele caiu pesadamente no chão.

Por alguns momentos todos ficaram paralisados com o assombro, mas a urgência do caso logo lhes restaurou os sentidos. Foi descoberto que o Sr. Stapleton estava vivo, mas desmaiado. Após ser administrado éter, ele se reavivou e rapidamente foi restaurado à saúde, à sociedade e seus amigos — dos quais todo o conhecimento de sua ressuscitação foi ocultado até que não houvesse qualquer preocupação sobre relapsos. O assombro dos doutores — uma surpresa arrebatadora — é possível de conceber.

A peculiaridade mais empolgante deste incidente, entretanto, envolve o que o próprio Sr. Stapleton testemunha. Ele declara que em nenhum momento ele esteve inconsciente por completo. Mesmo que débil e confuso, estava ciente de tudo que lhe acontecia, do momento em que fora dado como *morto* pelos seus médicos, até aquele em que desmaiou no chão do hospital. "Estou vivo", foram as palavras não compreendidas que, ao reconhecer o local da sala de dissecação, ele se empenhou ao extremo em proferir.

Seria tarefa fácil trazer múltiplas outras histórias como essas, mas me abstenho, porque não temos necessidade de estabelecer o fato de que enterros prematuros acontecem. Quando refletimos sobre o quão raramente, devido à natureza do caso, temos o poder de detectá-los, logo temos de admitir que eles ocorrem *com frequência* sem nosso conhecimento. Na verdade, é raro que em um cemitério, quando profanado por qualquer razão e exumado extensivamente, que esqueletos não sejam encontrados em posições que sugiram as suspeições mais medonhas.

A suspeição de fato é medonha — mas muito mais assustador é o destino! Pode ser constatado, sem hesitação, que nenhum evento é tão terrivelmente bem adaptado a inspirar a aflição física e mental suprema quanto é o enterro antes da morte. A opressão insuportável dos pulmões, os vapores asfixiantes da terra úmida, o apertar das mortalhas, o abraço rígido da cama estreita, a escuridão da Noite absoluta, o silêncio que sobrepuja como um mar, a invisível mas palpável presença do Verme Conquistador — essas coisas, e os pensamentos sobre o ar e a grama acima, as memórias de bons amigos que viriam às pressas nos salvar se soubessem de nossa condição, com a consciência de que sobre tal destino eles *nunca* seriam informados... Que nosso fado desesperançoso é aquele reservado aos realmente mortos… Essas considerações, eu digo, levam ao coração que ainda palpita um grau de horror terrível e intolerável, do qual até mesmo a imaginação mais ousada tem que se recolher. Não sabemos de qualquer outra coisa tão agonizante na Terra; não conseguimos sonhar com algo tão repugnante nem mesmo nos reinos mais profundos do Inferno. E, assim, todas as narrativas sobre esse tópico são profundamente interessantes — um interesse que, todavia, pelo temor sagrado do tópico em si, de maneira muito própria e peculiar dependem de nossa convicção *na verdade* do fato narrado. O que agora eu tenho a contar é o meu próprio conhecimento factual de minha experiência pessoal.

Por muitos anos fui vítima dos ataques de um transtorno singular que os médicos concordaram em chamar de catalepsia, na falta de um título mais definitivo. Embora tanto a causa imediata quanto as predisposições, e até mesmo o real diagnóstico da doença continuem um mistério, seu caráter óbvio e aparente é bem compreendido. Suas variações se demonstram principalmente no grau. Às vezes o paciente é afligido por apenas um dia, ou até por um período mais curto, por uma espécie de letargia exagerada. Ele perde os sentidos e se encontra externamente imóvel, mas o pulsar do coração ainda é perceptível, mesmo que leve, alguns traços do calor se mantém, um fraco rubor persiste no centro das bochechas e, ao levar um espelho aos lábios, podemos detectar a ação entorpecida, desigual e vacilante dos pulmões. Em outras, o transe dura por semanas, até mesmo meses, enquanto até o mais profundo escrutínio e os testes médicos mais rigorosos falham em estabelecer qualquer distinção material entre esse estado do sofredor e o que concebemos como a morte absoluta. Frequentemente ele é salvo de ser enterrado de forma prematura apenas pelo conhecimento de seus amigos dele ter tido episódios catalépticos anteriores, pelas consequentes suspeições incitadas e, acima de tudo, pela falta de evidências de deterioração. Os avanços da maladia são, por sorte, graduais. As primeiras manifestações, embora não tão acentuadas, são inequívocas. Os episódios tornam-se sucessivamente mais e mais distintos, e cada um perdura por um período mais longo que o anterior. E é isto que assegura a principal proteção do enterro. Para o desafortunado cujo primeiro ataque seja do caráter extremo que é ocasionalmente presenciado, seria quase impossível de evitar seu confinamento vivo à tumba.

Meu caso não apresentava qualquer diferença notável daqueles mencionados nos tomos médicos. Algumas vezes, sem qualquer causa aparente, eu afundava, pouco a pouco, em uma condição de semi-síncope, ou meio desmaio; e, nessa condição, sem dor, sem a habilidade de me mover, ou, estritamente falando, de pensar, mas com uma embotada e letárgica consciência da vida e da presença daqueles que cercavam meu leito, mantinha-me até que a crise da doença me restaurasse ao perfeito despertar. Em outras ocorrências, eu era derrubado de maneira rápida e impetuosa. Ficava fraco, insensível, com frio e vertigens, e assim caía prostrado de uma vez. E então, por semanas, tudo era vazio, escuro e silêncio, e o Nada se tornava o universo. A aniquilação total não seria menos que isso. Desses últimos ataques, porém, eu acordava em um grau lento quando comparado ao início súbito da convulsão. Assim como o dia amanhece para o pedinte sem casa e sem amigos que vaga pelas ruas por toda a longa e desolada noite de inverno — da mesma forma justamente tão lenta, justamente tão cansada e justamente tão alegre voltava a luz da Alma para mim.

Fora a minha tendência ao transe, no entanto, minha saúde em geral parecia ser boa; nem mesmo podia percebê-la como sendo afetada de qualquer forma por esta única maladia prevalente — a não ser, é claro, que uma idiossincrasia do meu sono ordinário pudesse ser considerada como exagerada. Ao acordar de um estado adormecido, eu nunca conseguia tomar posse de meus sentidos rapidamente, e sempre permanecia por muitos minutos em um estado de muita desorientação e perplexidade; as faculdades mentais em geral, mas em especial a memória, estando em uma condição de completa suspensão.

Dentre tudo que suportei não havia o sofrimento físico, mas a angústia moral era infinita. Minha imaginação tornou-se um ossuário; eu falava “de vermes, de tumbas e epitáfios.” Perdia-me em devaneios de morte, e a ideia do sepultamento prematuro se mantinha em possessão contínua de meu cérebro. O nefasto Perigo que me rondava assombrava-me dia e noite. No primeiro, a tortura da meditação era excessiva; no segundo, suprema. Quando a cruel Escuridão se espalhava sobre a Terra, então, com todos os horrores no pensamento, eu tremia feito as plumas trêmulas sobre a carruagem fúnebre. E, ao que a Natureza não podia aguentar mais a vigília, era a contragosto que me concedia ao sono, pois me arrepiava pensar que, ao acordar, poderia me encontrar habitando uma cova. E, quando finalmente afundava no torpor do sono, era apenas para surgir de imediato em um mundo de fantasmas, sobre o qual uma vasta, sable e eclipsante asa pairava predominante: a Ideia sepulcral.

Das inúmeras imagens de escuridão que então me oprimiram em sonhos, escolho recordar apenas uma visão solitária. Pensei eu me encontrar imerso em um transe cataléptico de maior duração e grau que o de costume. Repentinamente uma mão gélida pousou sobre minha testa e uma voz impaciente e balbuciante sussurrou o comando “Ergue-te!” em meu ouvido.

Sentei-me ereto. A escuridão era total. Não podia ver aquele que me acordara. Também não conseguia me recordar do período no qual eu havia caído no transe, muito menos a localidade onde então me encontrava. Enquanto eu me mantive imóvel e ocupado no empenho de organizar meus pensamentos, a mão fria me agarrou com força pelo punho, sacudindo-o petulante, enquanto a voz balbuciou novamente:

— Ergue-te! Não te mandei acordar?— E quem és tu? — exigi saber.

— Não levo um nome nas regiões que habito — respondeu a voz, pesarosa. — Fui um mortal, mas sou demônio. Fui impiedoso, mas sou digno de pena. Tu consegues sentir que eu tremo. Meus dentes batem enquanto falo, mas não o fazem pela friagem da noite… da noite sem fim. Mas este horror é insuportável. Como *podes* dormir tranquilo? Não consigo descansar devido aos clamores dessas grandes agonias. Estas visões são mais do que eu posso suportar. Pois te levanta! Segue-me Noite afora, e me deixa te revelar os túmulos. Não é um espetáculo de infortúnio? Contempla!

Eu olhei, e a figura invisível, que ainda me segurava pelo pulso, havia feito com que todos os túmulos da humanidade fossem abertos; e de cada um exalava a fraca radiação fosfórica da decomposição, de forma que pude enxergar nos mais íntimos recessos e lá ver os corpos amortalhados a dormir, tristes e solenes, junto dos vermes. Mas pobres almas! Os verdadeiros adormecidos eram em número muito menor do que aqueles que não descasavam, e em muitos milhões; havia alguns se debatendo debilmente, e havia uma agitação triste em geral, e das profundezas de incontáveis fossos vinha o melancólico farfalhar das vestes dos enterrados. Entre aqueles que pareciam repousar tranquilamente, vi que um número vasto mudara, em maior ou menor grau, da posição rígida e desconfortável na qual eles foram originalmente sepultados. E a voz de novo me disse enquanto eu observava:

— Não é; oh! *Não é* uma visão lastimável? — Mas antes que eu encontrasse as palavras para responder, a figura cessou seu domínio sobre meu pulso, e as luzes fosfóricas se expiraram, e os túmulos se fecharam com uma repentina violência, enquanto deles surgia um tumulto de gritos desesperados, novamente dizendo: — Não é; oh Deus, *não é* uma visão por demais lastimável?

Fantasias como essa, que se apresentavam à noite, estendiam sua terrível influência adentro de minhas horas acordado. Meus nervos ficaram à flor da pele, e me tornei presa do horror perpétuo. Eu hesitava cavalgar, andar ou usufruir de qualquer exercício que me tirasse de casa. Na verdade, não ousava confiar em mim mesmo fora da presença imediata daqueles que eram cientes de minha propensão à catalepsia, temendo que, caso eu sucumbisse a um de meus surtos costumeiros, eu fosse enterrado antes de que minha condição real fosse apurada. Eu duvidava da atenção e da fidelidade dos meus queridos amigos. Receava que, em algum transe cuja duração fosse mais longa que a de costume, eles pudessem ser convencidos a me considerar como irrecuperável. Fui tão longe a ponto de imaginar que, como eu ocasionava muitos incômodos, eles pudessem com gratidão usar de qualquer ataque prolongado como desculpa para livrarem-se de mim de uma vez. Foi em vão que eles se empenharam em me tranquilizar com as suas promessas mais solenes. Exigi os juramentos mais sagrados de que, sob circunstância alguma, eles me enterrariam antes que a decomposição estivesse tão materialmente avançada que tornasse a prolongação da preservação impossível. E, mesmo assim, meus medos mortais se recusavam a escutar a razão; não aceitavam qualquer consolo. Providenciei uma série de precauções elaboradas. Entre outras coisas, remodelei a cripta da família de forma que esta pudesse ser facilmente aberta de dentro. A mais leve pressão sobre uma longa alavanca que se estendia tumba adentro faria os portais de ferro se escancararem. Houve arranjos também para a livre admissão de ar e luz, e convenientes receptáculos para comida e água dentro do alcance imediato do caixão à mim designado. Este caixão era acolchoado, cheio de maciez e calor, e era provido de uma tampa que obedecia aos mesmos princípios dos portais da cripta, com a adição de molas forjadas de forma que o mais leve movimento do corpo fosse suficiente para livrá-lo do confinamento. Além disso, suspenso do teto da cripta havia um grande sino, a corda do qual havia sido planejada para se estender através de um buraco no caixão, e ser amarrada a uma das mãos do cadáver. Tudo isso, e para quê? Do que serve a vigilância contra o Destino do homem? Nem mesmo com todas essas seguranças bem elaboradas pude escapar das mais completas agonias de ser enterrado vivo, um coitado que já era fadado a tal!

Chegou uma época — como muitas anteriores haviam chegado — em que eu me encontrei emergindo da total inconsciência nos primeiros débeis e indefinidos sentidos da existência. Lentamente, na gradação de um cágado, aproximou-se o tênue amanhecer cinza do dia psíquico. Um mal-estar torpe. Uma resistência apática à dor indefinida. Nenhum cuidado, nenhuma esperança, nenhum esforço. E então, após um longo intervalo, um zumbido nos ouvidos; e, após um período ainda mais longo, um formigamento ou dormência nas extremidades; e, após um período que aparentava ser eterno de quietude agradável, durante o qual as sensações que acordavam lentas se esforçavam em pensamentos; então um breve readormecer na não entidade; e então a recuperação súbita. Por fim, o leve tremular de uma pálpebra e, logo após, um choque elétrico de terror, letal e indefinido, que manda o sangue em torrentes das têmporas ao coração. E então o primeiro esforço verdadeiro em pensar. Seguido do primeiro empenho em lembrar, e seus rudimentares sucessos evanescentes. Ao que se sucedeu, a memória reconquistou seu domínio a tal ponto que, em um certo grau, eu me encontrava ciente de meu estado. Senti que não estava acordando do adormecer ordinário. Lembrei que sou sujeito à catalepsia. E então, finalmente, como se invadido por um oceano, meu espírito trêmulo foi dominado pelo nefasto Perigo: uma espectral e sempre prevalescente ideia.

Por alguns minutos após essa abstração me dominar, mantive-me imóvel. E por quê? Eu não conseguia juntar a coragem para me mover. Não ousei fazer o esforço que me reafirmaria de meu destino; e ainda assim havia algo em meu coração a me sussurrar de que *este era certo*. Desespero — como o qual nenhum outro tipo de miséria é capaz de invocar —, apenas o desespero me incitou, após longa indecisão, a erguer as pesadas pálpebras de meus olhos. Ergui-as. Estava escuro; tudo escuro. Eu sabia que o episódio havia terminado. Sabia que a crise de meu transtorno estava no passado. E sabia que eu havia recuperado por completo o uso de minhas faculdades visuais... Ainda assim, estava escuro. Tudo escuro. O intenso e total desalumiar da Noite que perduraria para sempre e além.

Empenhei-me em gritar, e minha língua e lábios secos se moveram juntos na convulsiva tentativa, mas nenhuma voz deixou os pulmões cavernosos, que estavam comprimidos como que pelo peso de alguma montanha, e ofegaram, palpitaram com o coração a cada difícil e elaborada inspiração.

O movimento da mandíbula, nesse esforço de berrar, mostrou-me que estas se encontravam atadas, como é de costume com os mortos. Senti, também, que me deitava sobre alguma substância sólida; e por alguma coisa muito parecida meus lados também se encontravam bem comprimidos. Até aquele momento, eu não me aventurara a mover qualquer um dos meus membros, mas naquele instante eu abri meus braços com violência, os quais haviam sido posicionados ao comprido, com os pulsos cruzados. Eles bateram em uma sólida superfície lenhosa, que se estendia acima de minha pessoa em uma elevação de não mais que quinze centímetros de minha face. Não podia mais duvidar que finalmente repousava dentro de um caixão.

E então, dentre todas as minhas misérias infinitas, veio doce o querubim da Esperança, pois eu pensei em minhas precauções. Eu me contorci e exerci força em espasmos para abrir a tampa: ela não se moveu. Toquei meus pulsos, procurando pela corda do sino: não estava ali para ser encontrada. E assim o Conforto fugiu para sempre, e o ainda mais severo Desespero reinou triunfante, pois eu não pude deixar de notar a ausência do acolchoamento que eu havia preparado com tanto cuidado, e chegou às minhas narinas um forte e peculiar odor de terra úmida. A conclusão era irresistível. Eu *não estava* dentro da cripta. Eu havia caído em um transe enquanto longe de casa, entre estranhos — quando, ou como, eu não conseguia me lembrar —, e foram eles que me enterraram como um cão, selado a pregos dentro de um caixão comum e metido fundo, fundo e para sempre, em algum túmulo ordinário e sem nome.

Quando essa convicção horrível se forçou, então, nas mais íntimas câmaras de minha alma, eu outra vez me esforcei em gritar. E nessa segunda tentativa obtive sucesso. Um longo, selvagem e contínuo berro, ou grito de agonia, ressoou através dos domínios da Noite subterrânea.

— Eita! Ei, aí! — disse uma voz rude em resposta.

— Quê diachos é agora? — perguntou uma segunda voz.

— Sai já daí! — disse a terceira.

— E o que vosmecê quer urrando desse jeito, feito leão da montanha? — seguiu a quarta; e posto isso eu fui agarrado e chacoalhado sem cerimônias, durante vários minutos, por uma junta de indivíduos de aparência muito grosseira. Eles não me despertaram do sono, pois já estava completamente acordado quando gritei, mas me restauraram a total possessão de minhas memórias.

Esta aventura aconteceu perto de Richmond, na Virgínia. Acompanhado de um amigo, eu procedi em uma expedição de caça, seguindo o curso das águas por alguns quilômetros nas margens do Rio James. A noite se aproximava, e fomos surpreendidos por uma tempestade. A cabine de uma pequena chalupa, ancorada em um canal ladeado por cogumelos de jardim, foi a nossa única opção de abrigo. Usufruímos o melhor que podíamos da situação e passamos a noite a bordo. Eu dormi em um dos dois beliches disponíveis na embarcação; e o beliche de uma chalupa de sessenta a setenta toneladas sequer necessita ser descrito. O que eu ocupei não era provido de qualquer tipo de colchão, e sua largura total não passava dos quarenta e cinco centímetros. A distância de sua base até o convés acima era precisamente a mesma. Foi com extrema dificuldade que pude me espremer ali. De qualquer forma, dormi profundamente, e toda minha alucinação (pois não foi um sonho, nem pesadelo) surgiu naturalmente das circunstâncias de minha posição, de meu viés de pensamento habitual, e da dificuldade que apresento, como antes aludi, de reganhar os sentidos, e em especial as memórias, por um bom tempo após acordar. Os homens que me chacoalharam eram a tripulação da chalupa e alguns trabalhadores empenhados em a descarregar. Da carga em si veio o odor terroso. A bandagem ao redor de minha mandíbula era um lenço de seda que eu havia enrolado ao redor de minha cabeça, na falta de meu costumeiro gorro de dormir.

As torturas pelas quais passei, porém, eram sem dúvidas iguais às do verdadeiro sepultamento, ao menos durante o ocorrido. Elas eram assombrosamente, incompreensivelmente hediondas; mas do Mal se sucedeu o Bem, porque este tamanho excesso trouxe ao meu espírito uma inevitável reviravolta. Minha alma adquiriu uma tenacidade, uma têmpera. Eu viajei ao exterior. Fiz exercícios vigorosos. Respirei dos livres ares do Paraíso. Pensei em outros assuntos além da Morte. Desfiz-me de meus tomos médicos. O "Buchan"[22] eu queimei. Não li mais "Night--Thoughts"[23], nem tramas sobre cemitérios, nem contos de bicho-papão como *este que escrevo*. Resumindo, me tornei um novo homem, e vivi a vida de um homem. A partir daquela noite memorável, dispensei para sempre minhas apreensões fúnebres, e com elas sumiu o meu transtorno cataléptico, do qual, talvez, elas tenham sido menos a consequência e mais a causa.

Existem momentos em que, até mesmo aos olhos sóbrios da Razão, o mundo de nossa triste Humanidade pode assumir o aspecto de um Inferno, mas a imaginação do homem não é uma Carathis[24] para explorar com impunidade cada uma de suas cavernas. Ah! A nefasta legião de terrores sepulcrais não pode ser considerada como de todo fantasiosa, porém, como os Demônios que fizeram companhia a Afrassíabe em sua viagem pelo Oxo[25], eles têm de dormir, ou então nos devorarão — eles têm de ser forçados a adormecer, ou então morreremos.

---

22 William Buchan (1729 - 1805), médico e autor escocês, conhecido por escrever livros de medicina doméstica para leigos. (N. T.)

23 "The Complaint: or, Night-Thoughts on Life, Death, & Immortality", também conhecido apenas como "Night-Thoughts", poema em nove partes de Edward Young (1683 - 1765) (N. T.)

24 Personagem em *Vathek*, romance gótico escrito por William Beckford (1760 - 1884) (N. T.)

25 Afrassíabe ou Farassíabe foi um rei lendário do Turanistão, rival da Pérsia. O Rio Oxo era a designada fronteira entre os reinos. (N. T.)

A MÁSCARA DA MORTE RUBRA

Havia tempos que a "Morte Rubra" devastava o país. Nenhuma outra peste fora antes tão fatal, ou tão hedionda. Sangue era seu avatar e seu selo: a vermelhidão e o horror do sangue. Primeiro as dores agudas, as vertigens repentinas, e então um profuso sangramento dos poros, seguido da morte. As manchas escarlates pelo corpo, e em especial na face das vítimas, eram a sentença da peste que as segregava e excluía de qualquer auxílio e simpatia de seus iguais. E todo o processo de contágio, progresso e término da doença se dava como incidentes de meia hora.

Mas o Príncipe Próspero era feliz, destemido e sagaz. Quando seus domínios se encontravam parcialmente despovoados, ele convocou à sua presença mil amigos vigorosos e de coração alegre dentre as damas e cavaleiros de sua corte, e com eles se retirou à uma profunda reclusão em um de seus palacetes fortificados. Esse era uma extensa e magnífica estrutura, criação dos gostos excêntricos, porém augustos do príncipe. Uma resistente e altiva muralha de portões de ferro a circundava. Os cortesões, ao entrarem, trouxeram com eles fornalhas e martelos maciços, e usaram-nos para soldar os ferrolhos. Haviam resolvido não deixar meios de ingresso ou egresso para qualquer impulso repentino de desespero ou frenesi que viesse de dentro. O palacete estava amplamente abastecido. Com tais precauções, os cortesões poderiam fazer resistência ao contágio. O mundo externo que desse conta de si mesmo. Neste meio-tempo, seria tolo lamentar, ou sequer pensar sobre os que ficaram para trás. O príncipe providenciara todos os instrumentos para o prazer. Havia bufões e improvisadores, bailarinos e músicos; havia o Belo, e havia vinho. Tudo isso e a segurança estavam ali dentro. Lá fora se encontrava a Morte Rubra.

Foi próximo do fim do quinto ou sexto mês de sua reclusão, enquanto a peste se propagava no pico de sua fúria do lado de fora, que o Príncipe Próspero decidiu entreter seus mil amigos com um baile de máscaras de esplendor fora do comum.

Foi uma cena voluptuosa, esse baile. Mas primeiro me deixe falar das câmaras onde ele se deu. Havia sete, um arranjo imperial. Em muitos palácios, porém, tais suítes formavam uma longa e reta perspectiva enquanto as portas sanfonadas se recolhiam a um dos lados, de modo que a vista de sua extensão total se encontrava desimpedida. Ali o caso era bastante diferente; como podia se esperar devido ao amor do duque pelo *bizarro*. Os cômodos eram dispostos tão irregularmente que a visão abarcava pouco mais que um de cada vez. Havia ângulos retos a cada vinte ou trinta metros, e a cada giro, um efeito inédito. À esquerda e à direita, no meio de cada parede, uma alta e afunilada janela gótica dava para um corredor fechado que perseguia as sinuosidades das suítes. Essas janelas era vitrais cujas cores variavam de acordo com a matiz das decorações na câmara à qual se abriam. A da extremidade ao leste, por exemplo, era decorada em azul, e vivamente azuis eram suas janelas. A segunda câmara era roxa em seus ornamentos e tapeçarias, e assim também suas vidraças. A terceira, verde por inteiro, e combinavam os seus caixilhos. A quarta era mobiliada e iluminada de laranja; a quinta de branco; a sexta, violeta. O sétimo cômodo era completamente recoberto de tapeçarias de veludo negro, penduradas do teto às paredes abaixo, caindo em grandes pregas sobre um carpete de mesmo material e cor. Mas apenas nele a cor das janelas falhava em corresponder a cor das decorações. Os painéis eram escarlate: uma cor de sangue vivo. Notava-se que em nenhum dos sete salões havia qualquer lâmpada ou candelabro dentre a profusão de ornamentos dourados que se davam espalhados aqui e ali pelo recinto, ou dependurados do teto. Não havia luz de qualquer tipo emanando de lamparina ou vela dentro das câmaras. Mas nos corredores que as seguiam, ali se encontravam, opostos a cada janela, pesados tripés carregados de braseiros em chamas que projetavam seus raios através do vidro tingido, e assim ofuscavam os cômodos com sua luz. Dessa forma, era produzida uma multitude de aparições fantásticas e espalhafatosas. Mas no recinto oeste, ou a câmara negra, o efeito da luz das chamas caindo sobre as cortinas escuras após passar pelos painéis sanguíneos era pavoroso demais, e produzia tal aspecto sobre as feições daqueles que ali entravam, que poucos da companhia se mostravam corajosos o suficiente para sequer adentrar o salão.

Era neste cômodo, também, que se encontrava contra a parede oeste um gigantesco relógio de ébano. Seu pêndulo oscilava de um lado ao outro com um clangor pesado, abafado e monótono. Quando o ponteiro dos minutos completava o circuito da face e a hora havia de ser anunciada, surgia dos pulmões de latão da máquina um som que era alto, claro, profundo e demasiadamente musical, mas também de tão peculiar nota e ênfase que, ao lapso de cada hora, os músicos da orquestra eram obrigados a parar por um momento sua performance para escutá-lo; e assim os dançarinos cessavam suas revoluções à força; e havia um breve desconcerto de toda a companhia alegre; e, enquanto os sinos do relógio ainda brandiam, era de se observar que os mais contentes tornavam-se pálidos, e os mais velhos e moderados passavam as mãos sobre a testa como se em confusos devaneios ou meditações. Mas, assim que os ecos cessavam por completo, um riso leve pervadia os reunidos; e os músicos se entreolhavam e sorriam como se de seu próprio nervosismo e tolice, e faziam votos sussurrando uns para os outros de que o próximo badalar não produziria neles uma emoção similar. E então, após o lapso de sessenta minutos (que abarcam três mil e seiscentos segundos do Tempo que voa), vinha outra vez o badalar do relógio, e os mesmos tremores, meditações e desconcerto de antes.

Mas, apesar desses detalhes, era uma festa animada e magnífica. Os gostos do duque eram peculiares. Ele tinha olhos sagazes para cores e efeitos. Ele desconsiderava o *decoro* da mera moda. Seus planos eram ousados e impetuosos, e suas concepções brilhavam com um lustro bárbaro. Havia aqueles que acreditavam que ele era louco, mas seus seguidores sentiam que não. Era necessário o ouvir, ver e tocar para ter *certeza* de que não o era.

O duque foi quem organizou, em grande parte, a disposição dos adornos das sete câmaras para a ocasião dessa grande festa, e foi seu próprio gosto que guiou e caracterizou as fantasias dos mascarados. Pois que fique claro que eles eram grotescos. Havia muito brilho e pompa, além do mistério e do fantasmagórico, muito do que tem sido visto desde *Hernani*[26]. Figuras arabescas apresentavam membros e adornos desconformes, e fantasias delirantes como as inventadas por loucos. Tinha muito do belo, do devasso, do *bizarro*, algo do terrível, e mais que um pouco daquilo que poderia incitar repulsa. De lá e cá entre as sete câmaras espreitava, de fato, uma multitude de sonhos. E esses, esses sonhos, rastejavam-se adentro e por tudo, tomando a matiz dos salões e fazendo com que a música enlouquecida da orquestra parecesse ecoar

26 Drama do romancista francês Victor Hugo (1802 – 1885) (N. T.)

seus passos. Logo vinha o badalar do relógio de ébano que se erguia no aposento de veludo. E então, por um momento, tudo era imóvel, e tudo era quieto salvo a voz do relógio. Os sonhos, congelados na posição em que se encontravam. Mas, ao que os ecos dos sinos desvaneciam (eles duraram apenas por um instante), uma leve e meio contida risada vinha a flutuar após sua partida. E então mais uma vez a música crescia, e os sonhos viviam, e perambulavam de uma câmara à outra mais alegres que nunca, tomando os matizes das janelas coloridas através das quais fluíam as chamas dos tripés. Na câmara mais ao oeste das sete, porém, não havia quaisquer mascarados a se aventurar, pois a noite minguava e uma luz avermelhada fluía através das vidraças cor de sangue, e o negrume dos drapejados sable desconcertava. E àquele que colocasse os pés sobre o carpete negro, viria do relógio próximo um estrondo abafado e mais solenemente enfático do que qualquer um que alcançava os ouvidos daqueles que desfrutavam das alegrias remotas dos outros salões.

Mas esses outros cômodos se encontravam bastante ocupados, e neles batia febril o coração da vida. E a festança continuou rodopiante, até que finalmente o relógio soou as notas da meia-noite. Assim a música cessou, como disse antes; e as revoluções da valsa se aquietaram, e houve uma desconfortável pausa de todas as coisas, assim como antes. Mas ali havia doze badaladas a serem dadas pelo sino do relógio; e isso causou, talvez, com que mais pensamentos, devido ao longo período, penetrassem nas meditações dos pensativos entre os foliões. E assim também, talvez, tenha se dado que, antes dos últimos ecos da última badalada se silenciasse, muitos indivíduos na multidão encontraram tempo para perceber a presença de uma figura mascarada que até o momento não chamara a atenção de ninguém. E o rumor dessa nova entidade se espalhou em sussurros por todo o espaço, e por fim surgiu de toda a companhia um zumbido, ou um murmúrio, uma expressão de desaprovação e surpresa — e, por fim, de terror, horror e repulsa.

Em uma assembleia de fantasmas como a qual retratei, poderia se supor muito bem que nenhuma aparência ordinária causaria tamanha excitação. Era verdade que a licença para o baile de máscaras era quase ilimitada; mas o mascarado em questão fora mais Herodes[27] que o próprio, e passou muito dos limites até mesmo do decoro indefinido do príncipe. Há cordas nos corações dos mais imprudentes que não podem ser tocadas sem emoção. Até mesmo para os completamente perdidos, aos quais a vida e a morte são piadas por igual, existem questões sobre as quais nenhum gracejo pode ser feito. Toda a companhia, de fato, parecia então sentir profundamente que, na fantasia e portar do estranho, não havia perspicácia nem discrição a serem encontrados. A figura era alta e descarnada, e recoberta dos pés à cabeça com as mortalhas do túmulo. A máscara que ocultava a face foi feita para ser tão verossimilhante às feições de um cadáver rígido que o mais próximo escrutínio não aliviava as dificuldades em detectar o truque. E ainda assim tudo isso poderia ter sido suportado, se não aprovado, pelos loucos foliões ao seu redor. Mas o mascarado havia ido tão longe a ponto de assumir os sintomas da Morte Rubra. Suas vestes estavam manchadas de *sangue*, e sua larga testa, junto de todos os detalhes de suas feições, estava respingada de horrores escarlate.

Quando os olhos do Príncipe Próspero caíram sobre essa imagem espectral (que, com um movimento lento e solene, como que para melhor representar seu papel, espreitava de lá para cá entre os dançarinos), ele pareceu convulsionar, um primeiro momento de forte tremor devido ao terror ou desgosto; mas, no próximo, sua face enrubesceu em fúria.

— Quem ousa? — exigiu ele, rouco, dos foliões ao seu redor. — Como ousas nos insultar com esta zombaria blasfema? Capturem-no e desmascarem-no; assim saberemos a quem deveremos pendurar das ameias e enforcar ao nascer do sol!

---

27 Herodes (73– 4 a. C.) - reis do território da Judéia. Foi conhecido pelos colossais projetos de construção. (N. T.)

Fora na câmara ao leste, ou a azul, em que o Príncipe Próspero se encontrava ao proferir tais palavras. Elas ecoaram através dos sete salões, altas e claras, pois o príncipe era um homem ousado e robusto, e a música havia se tornado um murmúrio a um sinal de sua mão.

Foi na câmara azul em que se manteve o príncipe, com um grupo de cortesões pálidos ao seu redor. A princípio, assim que ele falou, houve uma breve comoção apressada desse grupo na direção do intruso, que naquele momento se encontrava próximo do alcance e com passos deliberados e majestosos chegava ainda mais perto daquele que se pronunciava. Mas, devido a uma certa admiração inominável que os adornos insanos do mascarado inspirara em todo o grupo, não havia quem tivesse a coragem para estender a mão e agarrá-lo; e assim, desimpedido, ele passou a menos de um metro de Sua Alteza; e enquanto a vasta assembleia, como que por um único impulso, recolheu-se dos centros das câmaras às paredes, e ele fez seu caminho sem ser impedido, mas com os mesmos passos solenes e mensurados que a princípio o distinguiram, através da câmara azul até a roxa; da roxa até a câmara verde; da verde à laranja; desta até a branca; e apenas quando se encontrava na violeta houve uma tentativa decidida em o deter. Esse foi o momento em que Príncipe Próspero, enlouquecido de fúria e vergonha de sua própria covardice temporária, apressou-se a trespassar as seis câmaras, enquanto ninguém o seguiu devido ao terror mortal que caíra sobre todos. Ele portava uma adaga desembainhada e aproximou-se, com uma rapidez impetuosa, até estar a pouco mais de um metro da figura que recuava, quando esta última, havendo chegado na extremidade do aposento de veludo, repentinamente se virou e confrontou seu perseguidor. Houve um grito cortante; a adaga caiu brilhante sobre o carpete sable, acima do qual, no instante seguinte, também desceu prostrado na morte o Príncipe Próspero. E em seguida, juntando a coragem selvagem do desespero, uma multidão de foliões invadiu de uma vez o apartamento negro e segurou o mascarado, cuja alta figura se manteve ereta e imóvel à sombra do relógio de ébano.

Eles perderam o fôlego em um horror improferível ao descobrir que, abaixo das vestes da cova e máscara cadavérica que manusearam com tão rude violência, não havia qualquer forma tangível a ser encontrada.

E assim os cortesões reconheceram a presença da Morte Rubra. Ela viera como um ladrão na noite. E um a um caíram os foliões em seus salões festivos respingados de sangue, morrendo na mesma postura desesperada de suas quedas. E a vida se expirou do relógio de ébano junto da do último dos bufões. As chamas nos tripés se extinguiram. E a Decomposição, a Escuridão e a Morte Rubra englobaram a tudo em seu ilimitado domínio.

AVEC
EDITORA